彼は梓に熱のこもったくちづけを与えながら、少しずつ腰を
動かしはじめた。熱く猛りきったもので、柔らかな襞を擦り上
げられると、今まで感じたことがないほどの快楽と、強い充足
感が湧き上がってくるような気がした。

蜜より甘いくちびる

柊平ハルモ

Illustration
鈴倉 温

B-PRINCE文庫

※本作品の内容はすべてフィクションです。
実在の人物・団体・事件などには一切関係ありません。

CONTENTS

蜜より甘いくちびる

プロローグ

——おなか空いた。

真っ平らどころか、凹んでしまいそうな腹部を押さえて、神間梓《かんまあずさ》は眉間《みけん》に皺《しわ》を寄せる。

無意識のうちに頭に浮かんだ言葉が、自分の素直な気持ちなのだと思うと、とても腹立たしい。それを顔に出さないようにしたのは、誰かに勘づかれたくなかったからだ。必死に食欲を抑えているなんて、格好悪いし。

梓の目の前には、色とりどりのフィンガー・フードが並べられていた。挑戦状を叩きつけられたような心地になる。

カメラマンをしている養父に連れられて、顔を出した雑誌社の立食パーティー。養父と出かけられるのは嬉しいが、会場に入った瞬間、来たことを後悔するしかなかった。

——……でも、ガブリエルが俺を誘うなんて珍しいし。

ぽつんと壁の花を決めこんでいる梓は、養父の背中を視線で追う。

養父、ガブリエル・デュクドレーは、女性を撮らせたらフランス一と絶賛されているカメラマンだ。それはつまり世界一ってことだよと、さらっと自分で言ってしまうのがフランス人らしいなあと思う。

日本を離れて六年近く経ち、さすがにフランスのお国柄にも慣れた。でも、やっぱり梓は根っからの日本人なので、フランス人みたいなことは言えないな、と思う。

「やあ、君」

ふいに、声をかけられた。

頭上からかけられた声に、梓は視線を上げる。

大きな影を梓に落としているのは、どこかで見たことがあるような顔の、深い色あいの金髪と灰色がかった青い瞳の持ち主だった。

——ええっと、俳優……かな？

ひとめ見てそう思ったのは、強烈な個性を持つモデルを山ほど見慣れている梓さえ、つい見《み》惚《と》れてしまうほどの美形だったからだ。

はっきりした顔立ちだが、けばけばしいほど派手というわけじゃない。やたら人懐っこい微《ほほ》笑《え》みを浮かべているわりに、どことなく上品さも感じさせる。育ちのよさ、というべきか。

やっぱり、どこかで見た顔のような気がする。でも、思い出せない。立場上、芸能界の人たちゃ、いわゆる社交界の住人《ソーシャライツ》とよく顔を合わせる梓だから、もしかしたらどこかのパーティーですれ違っているか、テレビか雑誌で見かけたのかもしれない。

仕事相手ではないことは、たしかだ。一度顔を合わせた相手を、梓は忘れない。こんなに印象的な人であれば、なおのことだ。

彼は気易く、ひょいっと梓の顔を覗《のぞ》きこんできた。

じっと見つめられると、どきどきする。視線がまごつくようにさまよって、なんだか挙動不審になってしまった。

「さっきから、全然食べてないだろ?」

男は声を潜めるように、梓に問いかけてくる。世間話というよりも、問い詰めているかのような口調で。

「え……っ」

梓は、面食らう。

まさか、そんなことを言われるとは予想外だ。不意を突かれた気がして、梓は何度も瞬《まばた》きをした。

実は、ちょっとだけ警戒していた。まさかと思うけれども、梓のもうひとつの顔に勘づいて近づいてきたのではないか、と。

しかし、男の関心は、もっぱら梓の手元に向けられているようだ。

とりわけ用の皿を、梓は手にしていない。ガスウォーターが注がれたフルートグラスを持っているだけ。男の言うとおり、梓は一口たりとも食事をしていない。

食べるつもりも、なかった。

しかし、なんで彼はそんなことを気にするのだろう。

「なにか、不満があるのか？」

不思議でたまらないという眼差しを、男は向けてくる。見ず知らずの他人の食欲なんて、どうだっていいはずなのに。

「今回のパーティーの料理を総監督しているのは、最年少で料理部門《キュイジィヌ》のM.O.F.《フランス国家最優秀職人》をとった、オーギュスト・ドゥ・バティーニュだぞ。それなのに、なんで料理を食べようとしないんだ？」

「……はあ」

曖昧《あいまい》に、梓は相づちを打った。
M.O.F.の称号がフランス人にとってどういう意味を持つかくらい、梓だって知っている。美術、工芸、生活、芸術の幅広い分野で、コンクールを勝ち抜いた優れた職人に、三年に一度授与される栄誉ある賞だ。大統領の名において与えられるメダルは、フランスの職人にとっては憧れなのだという。中でも料理部門の受賞者の顔ぶれはそうそうたるもので、日本に進出したレストランのオーナーもいる。

——最年少で受賞って……。そういえば、前回の選出で、話題になっていた気もするな……。

梓は、首を傾《かし》げる。

なにせ関心がないことなので、よく覚えていない。それに、いくらM.O.F.が手をかけた料理だって、梓は口に入れる予定がない。だから、そんな話を知ったところで、だからどうしたという気持ちにしかならなかった。

「興味ないので……」

「興味ない？」

男は、目を丸くする。

フランスで暮らしているくせに食事に興味を示さないなんて、と言いたいのだろうか。たしかに、食いしん坊の多い国民性だけれども。

「俺は日本人です」とは、彼がそういうことを問題にしているわけじゃないのはわかっているので、さすがに言わない。でも、ついよけいな一言がくちびるから転がりおちてしまった。

「食事するの、好きじゃないから」

それは、紛れもない本音だ。

好きじゃないのに、おなかが減る。だから、梓は今困っているのだ。

男は目を見開いたまま、まじまじと梓を見つめた。

彼の瞳は、本当に綺麗《きれい》な青い色をしている。透き通っているというよりも、ちょっと抑え気味のペールグレーがかかった感じが、男の色気を感じさせた。北のほうの出身かもしれないと、ぼんやり梓は考える。

「君、正気か?」

男は、がっしりと梓の肩をつかんできた。なにをそんなに感情的になることがあるのか、やたら力が入っている指先は、肩に食いこむかのようだった。

「痛……っ」

梓は眉間に皺を寄せる。なんで見ず知らずの人に、肩をつかまれて、がくがく揺さぶられなくちゃいけないんだろう。

梓は、特に好戦的な性格じゃない。でも、さすがにフランスでの生活に慣れてきていることもあって、自己主張の大事さは知っている。黙っていたら自分の意思がないと思われる、少々厄介なお国柄だ。

だから、気が進まないながらも、梓は声を張りあげる。

「正気です。そりゃ、この国には食べることが大好きな人が多いですけど、俺はそうじゃないんですよ」

その言葉を聞いたとたん、男は天を仰いだ。深く息をついたかと思うと、ふたたび梓の顔を覗きこんでくる。やたら近づいた距離に、びくっとした。

「人生の喜びを知らないのか」

「えっ」

「食べることは、至上の幸福だろう？」

そんなふうに断言されても、困る。

たしかに、フランスは美食の国と言われるだけあって、食にこだわりを持つ人が多数派だろう。でも、梓個人はどうかというと、また別の話だ。

人には、いろんな事情がある。病気だとか、あるいは仕事の都合上、どうしたって食欲を抑えなくてはいけないとか。

梓は、そういう人間のひとりだった。

「俺にとっては、そうじゃないんです」

答えながらも、梓は少々後悔していた。

フランス人は議論好きだ。この男の口ぶりからしても、梓が早々に解放してもらえることはなさそうだ。

無難に、「食欲がないんです」と言えばよかった。後悔したって、もうどうしようもないのだけど。

――個人主義の国って言ってるくらいなんだから、そういうところだって尊重してくれたらいいのに……。

梓は困惑しつつも、仕方ないとも思う。食はフランスの文化だ。そして、フランス人というのは、自国の文化については、一歩も譲らないところがある。それもまた、こちらでの生活を通して学んだことだった。

それにしても、そろそろ視線が痛い。何事かと、周りが注目しはじめている。

梓はともかく、男はとにかく目立つ容姿だ。とても困る。こんなふうに視線を注がれ、目ざとい人がいたらと思うと。

梓は焦りはじめるが、男は肩をつかんだまま、放してくれる気配はない。

「いやいや、おかしいって」

男は、大げさに頭を横に振る。

「だが、そんな君にも、チャンスがある」

「……はあ?」

「世界が変わるぞ」

男は気取った身振りで、パーティーテーブルを手のひらで示した。ちょっとびっくりするくらいに、優雅な仕草だ。

「あの料理を一口でも食べれば、君は人生の喜びというものがどんなものか、たちどころに悟れるはずだ！」

男は、梓の腕をとる。こんな優男風なのに、意外なくらい手のひらはごつごつしていた。その外見からは意外すぎるけれども、肉体労働をする人の手だった。

「あ、あの、俺、父を捜しにいかなくちゃ——」

適当な口実を口走りつつ、男を押しとどめようとしたとき、救いの手がようやく差し伸べられた。

「僕の息子がなにか？」

聞き覚えのある声に、梓はぱっと顔を輝かせる。

会場に入る前は珍しくネクタイをきちんと締めていたのに、今はすっかり緩め、スーツの前どころか、シャツのボタンを胸元まで開けてしまっている。ルーズなスタイリングを通りこし、ぼさぼさした髪を掻き上げながら声をかけてきたのは、ガブリエル・デュクドレー。梓の養父だった。

線が細く、いまいち頼りなさげな人だが、女性を撮らせたらフランス……——いや、世界一のカメラマンだ。

「なんだ、ガブリエル。おまえ、こんなでかい息子いたの？」

驚いたように、男は目をぱちぱちさせた。気軽にファーストネームを呼ぶところを見ると、どうやら養父の知りあいらしい。

「ああ」

ガブリエルは、小さく頷《うなず》いた。

男はようやく梓から手を放すと、小さく肩を竦《すく》めた。

「納得。おまえさ、仕事が命だってのはわかるけど、あんまり息子放っておくなよ。おかげで、人生の喜びを知らない可哀想な子になっちゃったじゃないか」

「ちょ、ちょっと待ってください」

梓は慌てた。

なにもそんなことを、ガブリエルに言うことはないのに。自分の腕をとったままの男のスーツの腕を、梓は思わずつかんでしまう。

「人生の喜び？」

ガブリエルは首を傾げた。

「もちろん、食べることとさ！」

男の言葉に、ガブリエルは真顔になった。

「……なにを言うかと思ったら。人生の喜びとは、美を追い求めることに決まってるじゃないか」

きっぱりと断言したガブリエルは、男を見据える。一歩も引かないその様子は、いくら頼りなげでも、議論好きな国民のひとりだけある。梓なんて、もう目に入っちゃいない。

頭がくらくらしてきた。

ガブリエルは、日頃は茫洋《ぼうよう》とした人だ。芸術家としての鋭い感性は、カメラを持ったときにしか発揮されない。そのカメラを手放したあとの反動が、一気に日常生活に出るタイプでもある。

だがしかし、『美』ということに対する執念だけは人一倍だ。

「あ、あの……。ふたりとも、そのへんに……」

自分の頭上で睨《にら》みあう男ふたりの間に、梓が慌てて割って入ったのは、ガブリエルにまでスイッチが入ったら手に負えなくなりそうだったからだ。スマートさに欠けるやりとりは、この場にそぐわない。

空気が張り詰めている。肌が、ぴりぴりしている気がした。

そんな梓の鼓膜を、甲高いヒールの音が揺らす。かつんと、小気味良く床を打ち鳴らすような。

「ねぇ、モン・プティ・プランス」

笑みを含んだ女性の声が、その場の空気を一気に和《やわ》らげた。

男の肩を、華奢《きゃしゃ》な指先がそっと押さえる。

ガブリエルと男の間に割って入ったのは、美しい女性だった。いかにも上流階級、そしてソーシャライツらしい女性だ。綺麗に巻かれた金髪は肩で揺れ、色白のデコルテに映えている。色っぽいデザインのドレスを堂々と着こなした姿に、目を奪われてしまう。その女性と男とは、まるで一対の絵のようだった。

――この人、たしか……。

女性のほうは、確実に覚えがある。間違いなく、けっこう有名なソーシャライツだ。今すぐ、名前が出てこないけど。

「ああ、ジョゼフィーヌ」

男の表情が和らぐ。つられたように、ガブリエルの目つきも柔らかいものになった。もともと、梓の養父はたいへんな女性好きでもある。綺麗な女の人を見るたびに恋やら欲やらが芽生えるタイプというよりは、純粋な美の崇拝者だった。

――……もう。

梓は、眉を寄せる。

ガブリエルが女性にぼうっとしているところを見るのは、あまり好きではない。我ながら、ヤキモチ焼きだとは思うのだけど。

「私を、いつまでひとりにしておくの？」

からかい顔で、貴婦人は男に問いかける。

「……あ、悪い」

男は、小さく笑みを浮かべた。

恋人なのか、情人なのか知らないが、親密な空気が漂っている。その空気に当てられてしまいそうだ。

「ガブリエル、すまない。またあとで」

男は軽い調子で片手を上げると、女性の腰を抱き寄せて、この場を離れていってしまう。まるで、つむじ風のようだ。好きなだけ暴れ放題した挙げ句、鮮やかなくらいあっさりと去っていった。

梓は呆然《ぼうぜん》と、その広い背中を見送るしかなかった。

「梓」

ガブリエルの大きな手のひらが、ぽんと梓の頭のてっぺんに置かれる。かげろうみたいに、ゆらゆら立ち上りかけていた彼の情熱の刃が矛先を収めたのを感じて、梓はほっと息をついた。

梓が注目を集めると、いいことはない。それは、ガブリエルもわかっているはずだ。

「……そういえば、ちゃんと紹介したほうがよかったのかな。彼はああいうヤツだけど、自信家なだけのことはあるんだよ。気が進まなくても、彼の料理は一口食べるだけの価値はある」

男の後ろ姿を一瞥《いちべつ》したガブリエルは、小さく肩を竦めた。

「……彼は、何者なの？」

梓は、小声で問いかける。

「なんだ、自己紹介もまだだったのか。珍しいなあ。そういうところは、わりときっちりしてるんだけど」

ぱちぱちと瞬きをしたガブリエルは、不思議そうに呟《つぶや》いた。

「彼はオーギュスト・ドゥ・バティーニュ。最年少でＭ.Ｏ.Ｆ.のタイトルを獲得した男なんだよ。今日の料理は、彼が監修している」

「え……」

梓は、はっとした。

さあっと、血の気が引いていく。

自分の言動を振りかえり、穴があったら入りたくなってくる。あの男が、どうしてムキになっていたのか。遅まきながら理解した。

「食欲ないんです」という無難な一言が、どうして出てこなかったのか……——冷静に思ったのは、あとになってからで。

……とてもバツの悪い、それが梓とオーギュストの出会いだった。

ACT 1

限界、だった。

梓は、気が遠くなるのを感じていた。

ちゃんと出かける前に、サプリメントは呑《の》んできた。栄養剤だけじゃなくて、空腹を宥《なだ》めるためのものも。それなのに、ちっとも効いてない。おなかが鳴ったらどうしようと、真剣に心配してしまう。

「……リー、リリー！」

こんな仕事が回ってくるなんて、運がない。梓は、そう思う。ファッションモデルの仕事とお菓子なんて、本来は縁がないはずなのに。

「リリー、プチ・リリーってば！」

肩を揺さぶられ、はっとした。

そうだ、呼ばれてるのは梓だ。

リリーというのは、梓のことだ。

すぐに気がつかないなんて、ぼんやりしすぎている。

それは、梓を置いて逃げた実母・梨里子《りりこ》を継ぐような、梓のモデル名だった。デビューしたときはまだ十代も前半で、小さいリリーだから、プチ・リリー。

「どうかしたの？」

梓のマネージャー、ジルが、心配そうに顔を覗きこんできた。

「今日はなんだか、いつも以上に儚《はかな》げね」

「……そう？」

梓は、小さく首を傾げる。

さすがに、食べ物の匂いに気をとられてぼんやりしていたなんて、言えない。

慣れた手つきで梓のロングヘアのウイッグを直し、化粧をチェックしたジルは、にっこりと満足げに微笑んだ。

「今日もあなたは、理想の美少女よ。プチ・リリー」

ジルは、梓に手鏡を差しだしてくる。鏡に映る自分の姿に慣れる日は、永遠に訪れないだろう。軽く口角を上げれば、鏡の中の少女も笑う。それでようやく、彼女が梓自身なのだと納得できた。

「……ん」

ジルの言葉に、梓は曖昧に頷いてみせる。

本当は、このリリーという名前は好きじゃない。でも、スイッチが切りかわるし、どうして梓が女装してモデルをやっているかということを忘れずにいさせてくれるので、芸名を変えるつもりはなかった。

ジルの手によって女装が完成すれば、鏡の中に映るのは梓ではない。女性向け有名メゾン『ラ・セーヌ』の専属モデル、プチ・リリーだ。もっとも今は、若い人向けのセカンドライン、『ルージュ・ラ・セーヌ』の仕事がほとんどなのだけど。

この仕事を、梓は十三歳のときからしている。

きっかけは、なにもかも放りだして行方不明になってしまった母、梨里子の代わりだった。

梨里子は恋多き人で、日本人でラ・セーヌのランウェイを歩いた唯一のモデルだ。養父のガブリエルとは日本で出会い、激しい恋に落ち、彼のミューズとしてフランスへ渡り……——そして瞬《またた》く間に恋心を燃え尽きさせて、去っていった。

ガブリエルのもとに、梓を置いて。

梨里子がアルジェリア出身のポーターと駆け落ちしたのは、ちょうど女性ファッション誌の広告撮影が入っている日だった。梨里子をミューズとして崇めていたガブリエルが、彼女の代わりに目をつけたのが、当時十三歳の梓だ。

日仏クォーターの梓は骨格からして華奢だが、背は標準並にあった。梓は女装して梨里子の身代わりになり、謎のモデル、プチ・リリーが誕生した。

以来、梓はガブリエル秘蔵のモデルと言われている。

もともと、梓はそれほど目立ちたがりな性格じゃない。正直に言ってしまえば、女装モデルという立場は、思春期の梓にはかなりきつかった。

もうすぐ十九歳になる梓のモデル歴は、五年を超える。でも、今だって喜んで仕事しているわけじゃない。

しかし、血のつながりのない、自分を捨てた女の息子を手元に置いてくれたガブリエルのもとで暮らす以上、食い扶持くらい自分で稼ぎたかった。

それになによりも、ガブリエルに喜んでほしい。

女性を撮らせたら並ぶ者がいないと言われる天才カメラマン、ガブリエル・デュクドレー。その新しい美の女神《ミューズ》は謎の少女だなんて、ずいぶん大げさな言い方だとは思うけれども、ガブリエルの役に立てるなら嬉しかった。梨里子を失ったガブリエルの気持ちを、梓がちょっとでも慰めることができるならいいのにと、本気で思っている。

ジルをはじめ、ガブリエルと親しいスタッフや、メゾン側の一部の人間しか、プチ・リリーの正体を知らない。

梓は、一応まだ後期中等教育機関《リセ》に籍がある身だ。そのため、ガブリエルの被写体になるか、彼がカメラマンとして契約しているラ・セーヌの広告塔としての活動しかしていなかった。露出はなるべく抑えている。

パーティーなどに顔を出すときは、あくまでガブリエルの息子、アズサ・神間・デュクドレーとして出席している。

そのため、プチ・リリーが女装モデルであることも、一般には知られていない。

今日の仕事は、ルージュ・ラ・セーヌの広告の撮影だ。来季の流行がキャンディー・カラーだとかで、お菓子を小道具に使って撮影することになったそうだ。色鮮やかなマカロンや、フレッシュなフルーツで飾られたケーキは、目を瞠《みは》るほどの鮮やかさだ。

いつかの、立食パーティーを思いだす。

あのときのフィンガー・フードも、とても目に鮮やかだった。『至上の彩色を女性に与える』と言われている、ガブリエルの写真をちょっぴり連想する。

——そういえば、あの料理人さん……。オーギュスト・ドゥ・バティーニュだっけ。あのあと、どうしたんだろう。

とてもバツの悪い思いをした先日の立食パーティーでの出来事が、梓の脳裏をよぎる。

よりにもよって、料理人を相手に、最低のことを言ってしまった。


『興味ないので……』

『興味ない？』

『食事するの、好きじゃないから』


……あれは、いくらなんでも、あの場の料理をマネージメントした、料理人に言ったら失礼な台詞《せりふ》だろう。

相手がどういう人か知らなかったとはいえ、暴言だったと思う。それに気がついた瞬間、本気で「誰か俺を埋めてくれ」と、梓は思った。

——もう、俺は顔を合わせる機会はないと思うけど、ガブリエルの知りあいみたいだし……。なんであんなこと言っちゃったかな。

空腹すぎて、いらっとしていたのだろうか。それを言い訳になんてできないと思うけど、本当によけいなことを言ってしまった。

相手の気分を害しただろうし、ガブリエルの面目も潰してしまったのではないか。そう思うと、本当に申しわけない。

「リリー、もしかして具合悪い？」

ふと、ジルが声を潜めた。

「お化粧乗りが悪いなって思ったんだけど……。なんだか、真っ青になってない？」

「え、いや、そういうわけじゃないよ」

マネージャーに心配をかけてしまった。なんでもないところを見せようと、梓が立ち上がったそのとき、足下が大きく揺らぐ。

「あ……」

ぐらりと、視界が歪《ゆが》んだ。

立ち上がった拍子に、一気に血が下がってしまった。

——まずい。

視界が暗くなる。

梓の意識は、ぷつりと途切れた。

＊　＊　＊

いい匂いがする。たぶん、ポトフだ。ことことと肉や野菜を煮込んだスープはフランスの国民食とも言われていて、梓にも慣れ親しんだ香りが漂っていた。

――やだなあ。

朦朧《もうろう》とした意識の中、梓はため息をつく。

おなかが、ぐぅっと鳴った気がする。

それほど、食に執着はないつもりでいた。でも、自分が思っていた以上に、もしかしたら梓は食いしん坊なんだろうか。

ポトフの匂いにつられて、意識が覚醒していく。ああ、なんか恥ずかしい。そう思っているのに、やがてぱっちりと目が冴《さ》えてしまった。

そして、我に返る。いけない、仕事中だった。

「ジル、ごめんなさい……！　すぐ仕事に戻るから」

マネージャーの名前を呼びながら、梓は飛び起きる。のんきに眠ってる場合じゃない。仕事中なのに、なにをやっているのか。

「お、起きた」

傍らから聞こえてきたのは、マネージャーの声じゃない。男性の声だ。ちょと甘みのあるテノールが、耳に心地いい……――なんて、のんきなことを考えている場合じゃない。

「え……」

梓は、ぽかんとしてしまう。言葉が、上手く出てこなかった。

「すぐ仕事に戻るなんて言う元気あるなら、メシも食えるよな」

「……あ、え、その……」

カラーコンタクトで緑色に変わっているはずの目を、梓は大きく見開いた。

どうして、彼が……――オーギュスト・ドゥ・バティーニュが、ここにいるのだろうか。

「どうして」

「どうもこうも、俺んとこのレストランが提供した素材がどう撮影されるのか、見学に来たんだ。パティシエが総出で作ったけど、総監督は俺だしさ」

「えっ」

梓は、呆然とした。

お菓子の鮮やかな色彩から、あのパーティーの料理を連想したのは、当然のことだったらしい。同じく、オーギュストの手によるものだったんだから。

「美味《うま》そうな菓子だっただろ。さすが俺のレストランが提供しただけある」

得意げに、オーギュストは言う。

「で、スタジオ覗いてみたら、ちょうど片隅で美人モデルがひっくり返ったところだったんだ。女性が倒れてるのに、助けないわけにはいかないじゃん。それで、おまえさん抱えて医者に来たってわけ」

さあっと、梓は青ざめる。つまり今、自分は病院にいるということか。

撮影を、中断させてしまって。

——どうしよう……。

撮影のセットの最終チェックに入っていた。本来ならば、今頃撮影を開始しているはずだ。

それなのに、肝心のモデルが病院で寝ていていいわけがない。

「ジ、ジル……。マネージャーは?」

「今、関係各所と連絡とって、中断した仕事の調整中」

「……お、いや、私はいったい、どれくらい眠ってましたか?」

「一時間くらいかな」

「一時間……」

梓は、ぎゅっとくちびるを噛《か》んだ。

梓のせいでスケジュールが狂った、現場の人たちはどうしているだろう。

ガブリエルも、撮影スタッフと打ち合わせをしていたはずだ。

待機しているのか、それとも帰ってしまったのか。

——ガブリエル、怒ってるかな……。

こんな失敗をするのは、初めてだ。消え入りたいような心地になってくる。

オーギュストは、ため息をついた。

「まあ、マネージャーから連絡入るまで、休んでおけよ」

優しく窘《たしな》めるように、オーギュストは言う。

落ち着いたトーンの声に、どきっとした。子どもみたいにむきになっていた姿との、ギャップが大きすぎる。

オーギュストはたぶん、二十代なかばくらいだ。ヨーロッパの中では平均身長がそれほど高くないフランス人にしては長身で、すらっとスマートだ。イケメン料理人なんて言われるのも、納得する。際立って整った容姿には、天性の華やかさがあった。

そう、彼の生み出す料理と同じように。

彼は気易く梓の顔を覗きこんできたかと思うと、息がかかるほど間近な距離で、小さく瞬きをした。

「なあ、前にどこかで会ったことあるか？　……なーんか、見覚えがあるんだよなあ……」

「……っ」

梓は思わず言葉を失う。

どきどきしてきた。

女装してモデルをしているのは、誰にも秘密だ。わざわざ瞳の色を変えて、ウイッグをつけているのだってそのためだった。梓としては、いつもの自分とまったく別人になっていると感じている。オーギュストにわかるはずがないと、思うのだけど。

「私の広告を見てくれているからじゃない？」

かすれた声で、梓は呟く。ハスキーな女性の声に、聞こえるように。

「いや、そりゃあんたが、ガブリエル秘蔵のモデルってことは知ってるよ。プチ・リリー？　でも、そういうんじゃなく……」

んーと、考えるような素振りを見せつつ、オーギュストは梓を凝視する。

オーギュストの顔立ちの美しさは、整えられて、研ぎ澄まされた美ではない。もっと野性味が溢《あふ》れていて、野放図で、それでいて人目を惹《ひ》きつけずにはいられない魅力がある。

モデル業界には、きら星のように美しい人たちがたくさんいる。そんな人たちを見慣れている梓でも、彼から視線を外せない。

「……ん、まあいいや。それより、今はこっち」

にやっと笑ったオーギュストは、梓にトレーを差しだした。ほかほかと温かな湯気が立っている、ポトフの具の盛り合わせとスープ皿が載っている。

日本だと、ポトフはスープとして供されることが一般的だ。だが、ポトフの生まれた国フランスでは、煮込んだ野菜や肉と、そのスープは別々に楽しまれることが多かった。

野菜や肉が盛り合わされている皿には、マスタードと塩が添えられている。日本のおでんみたいな食べ方をするのだ。

「食えよ。とろっとろに柔らかく煮てあるから、体調悪くても食べられると思うぜ。すじ肉は丸一日かけて仕込んでるしさ」

こくんと、無意識のうちに喉《のど》が鳴ってしまった。

オーギュストの言うとおり、ちゃんと作ろうと思うと、ポトフは時間がかかる料理らしい。日本ではソーセージやベーコンを入れて作られることが多いけれども、本来は硬いすね肉やすじ肉やらを根気よく煮込んで出汁《だし》をとる料理だからだ。

とても優しい味をしていることも、知っている。母親に連れられて渡仏したばかりの頃、学校の友達の家で食べさせてもらったことがあるからだ。

「俺の店、このスタジオの近くだからさ。賄《まかな》いにポトフ作っていたことを思いだして、取ってきたんだ」

オーギュストは、肩を竦める。

「医者の見立てによると、あんたは栄養失調だって。貧血はそのせい」

「……」

梓は、思わず無言になる。

苦々しい気持ちになった。そして、深い自己嫌悪。体調管理ができないなんて、モデル失格だ。

モデルとして体形キープは義務だが、仕事をする上では体力も必要だ。だから、梓が食を絶つのは夕方以降のみ。これでも、朝はちゃんと食べている。

しかし、それでは足りなかったということか。

体形変化を怖れて食事を抜くようになったのは、ここ一年ほどのことだった。成長期がだらだらと続いていることに気がついて、梓は食事ができなくなった。周りが大丈夫だと言っても、本人がそう思えなかったせいだ。

でも、そのせいで仕事のスケジュールに穴を開けたのでは、元も子もなかった。

いろんな人に申しわけないし、自分が情けない。

梓は、肩を落とす。

「……ったく、マニキュア塗ってるけど、この爪もひどいよな。縦線出てるだろ、これ。栄養をとれていない証拠だ。なんでこんなになるまで、メシ食わないかなあ」

「そんなこと、ないです」

梓は慌てて、手を引っこめようとする。しかし、オーギュストは手を放してくれなかった。

「またまた、強がっちゃって。……十代男子がダイエットだなんて、不健全すぎるぜ。なあ、梓」

「……！」

気易く本名を呼ばれ、梓ははっとする。

オーギュストは、にやっと笑った。

「いやあ、よく化けたもんだな」

「ひ、人違いです！」

「別に、パパラッチにバラそうなんて思わないし。そんなに焦らなくていいって」

オーギュストは、ぎゅっと梓の手を握る指先に力をこめた。

「それよりも、今度こそ食えよ。俺のメシ。そんなんじゃ、大きくなれないぞ」

梓は、ぷいっと顔を背《そむ》ける。

たとえ、フランス一の名料理人が作ったポトフだろうとも、梓にとっては不要なものでしかない。

成長なんて止まってしまえばいいと願っている梓の気持ちなんて、オーギュストにはきっとわからないだろう。いや、わかってほしいとも、思わない。

「……いりません」

梓が小声でそう言うと、オーギュストは眉をつり上げた。

「おまえな、メシちゃんと食わないと死ぬぞ。食事は生きる基本で、喜びだからな。ガブリエルのヤツが、減量しろって言ってんのか？　まったく、あいつはしょうがないなー」

「ち、違います！」

梓は、声を張りあげた。

「ガブリエルのせいじゃない！」

「じゃあ、どうしてメシ食わねぇの？」

「あなたには関係ないです！　お節介すぎます」

養父の名前を出され、動顚《どうてん》していたんだと思う。しかし、梓の対応は最悪だ。心配してくれて、しかも正論を言っている相手に対して、逆ギレしたも同然だ。

自分のふがいなさに対する怒り、悔しさ、情けなさ……——そういうものが一体になって、梓の頭の中はぐちゃぐちゃになっていた。冷静さなんて、そういう膨らんだ感情に押し潰されてしまっている。

それでも、心のどこかで、こんなこと言っちゃ駄目なのにと、ちゃんと気づいていた。それなのに、馬鹿なことを口走ってしまった自分は、本当にみっともない。オーギュストにだって、申しわけない。

「やせ我慢すんなよ」

ため息をついたものの、オーギュストはぱっと手を放してくれた。

梓はほっとする。まだ、握られた指の先が、じんと痺《しび》れているような気もしているけれども。

「ああ、勿体《もったい》ないなー。めちゃくちゃ美味いのに。ちょっとくらい冷めても、うんまい。さすが俺のレシピ」

自画自賛しながら、オーギュストはポトフを食べだした。

――もうやだ、この人。

空腹でたまらない人間の前で、食事をはじめるなんて。デリカシーがなさすぎる。でも、いらないと言ったのは、梓のほうだけど。

人が食事をしているところを見ていられないくらい、空腹になっている。その挙げ句倒れるなんて、モデル失格だ。梓は本当に馬鹿だ。

でも、素直な態度をとれないでいる。

どんどん落ちこんできて、その気分につられて頭も下がる。そんな梓の肩に、とん、とオーギュストが手を置いた。

「……え」

思わず顔を上げた梓は、驚愕《きょうがく》する。

ほんの間近に、オーギュストの顔があった。

肩に置かれていた手は、ごく自然な仕草で顎《あご》にかかる。そして、梓の小さな顎をとらえたオーギュストは、いきなりキスを仕掛けてきた。

「な……っ！」

梓は目を見開く。

急なことすぎて、逃れられない。

そんな梓に、オーギュストは遠慮なくくちびるを重ねた。

「……んっ、く……」

キスは巧みで、息苦しくなるほど熱っぽかった。思わずくちびるを喘《あえ》がせた梓の口の中に、なにか入りこんでくる。優しい味のするスープ。オーギュストの持ってきた、ポトフの味だ。

吐き出すこともできず、梓はそのまま飲みこんでしまう。

冷めかけているとオーギュストは言っていたけど、まだ温かいような気がする。喉も胃も、中から温まっていく。

懐かしい、この感じ。ちょっと泣けるような、染み入るような感覚に、六年前の……――梓が胸の奥に大事に秘めている、遠い記憶が呼び覚まされるような気がした。

「ああ、ちゃんと飲んだな」

梓がスープを飲みこんだのを確認して、オーギュストはさっとくちびるを放した。にやりと笑った口元が濡れていて、スープのせいだというのに、なんだか色っぽかった。

梓は、さっと頰《ほお》を赤らめる。

「い、いきなりキスをするなんてひどいです！」

抗議の声を上げるが、オーギュストはしれっとしていた。

「一口食っちまったんだから、もう残りを食べても一緒だ」

彼は梓の手元に、スプーンを押しつけてくる。

「最高にとろとろになってるから、この具はスプーンでも簡単に掬《すく》えるぜ。さあ、食え」

梓は、がっくり項垂《うなだ》れた。

——お節介すぎる。この人、めちゃくちゃだ……！

梓が食事を拒んだせいで、料理人のプライドを刺激してしまったということだろうか。なにをムキになってるんだろう。謎すぎる。

脱力した指先にスプーンを握らされて、「なに、口移しがいいなら、そうしてやるけど？」なんて言われてしまったら、梓も観念するしかない。

しぶしぶ、梓はスプーンを動かした。

オーギュストの言ったとおり、最初に手をつけた蕪《かぶ》はほろほろと柔らかく煮込まれていて、スプーンでもあっさり掬えた。もう冷えかけているけれども、蕪にふんわり含まれた優しい滋味が、空っぽだったおなかを満たしてくれる。

「……おいしい、です」

ぽつりと、梓は呟いた。

「そうだろ？」

どうよと言わんばかりに、オーギュストは得意げな顔をする。

「美味いもの食べると、幸せになるだろ？」

「……」

「素直じゃないなあ、まったく」

黙りこんでしまった梓を、オーギュストは軽く笑い飛ばす。

素直になれない自分が恥ずかしくて、そういえば満足にお礼を言えていないことにも気づいて、梓は思いきって口を開こうとする。

「あ、の……」

「梓！　じゃなかった、リリー！」

梓が顔を上げたタイミングで、病室のドアが派手に開いた。

ジルが駆け込んできたのだ。

「よかった、目を覚ましたのね。具合どう？」

「ジル……。ごめんなさい、迷惑かけて」

梓は、もう一度頭を下げてしまう。

「おっ、マダムが戻ってきたか。じゃあ、俺は帰るわ」

オーギュストは、あっさりと立ち上がった。

「ありがとうございます、ムシュー。巻き込んでしまって申しわけありません」

ジルの言葉に、オーギュストは小さく肩を竦めた。

「気にするなって。俺は食で幸福を運ぶ伝道師だしさ」

気障《きざ》な台詞をさらりと吐いたオーギュストは、笑いながら付け加える。

「あ、でもこいつの食事管理は、ちゃんとしておいたほうがいいぜ。ガブリエルにも言っておけよ」

そう言うと、オーギュストは、ちらりと梓を振り返った。

「じゃあな、梓」

「あ……っ」

声をかける隙《すき》もなく、風のように彼は病室から出ていってしまった。

「いいわね、ポトフ。体調悪いときにも食べられるし」

ジルは、にこっと微笑みかけてきた。

「スタッフには体調不良を伝えて、ちゃんと了解をもらっているわ。だから、今日はもう休んでいいのよ」

「……ごめんなさい。俺、こんな迷惑かけちゃって……」

「大丈夫、気にしないで」

マネージャーはとても優しく言うけれども、梓は気が気じゃない。あまりにも、スタッフやガブリエルに対して申しわけなかった。

「ところで、さっきの人……」

「ああ、ムシュー・バティーニュ？」

「正体、ばれちゃってるみたいですけど……」

「えっ、最初から知ってるんじゃないの？」

ジルは、軽く瞬きをする。

「ムシュー・デュクドレーの知り合いだし、あなたが倒れた瞬間に『梓！』って叫んでたから、知ってるのかと……」

「……え」

梓は、目を丸くする。

ということは、彼は最初から梓の正体に気づいていたということだろうか。

パーティーで会ったときから？

じゃあ、最初に病室で話しかけてきたときは、からかっていただけ？

――な、なんだよ、もう……っ。

ふるふると、梓は震えてしまった。

お節介なだけじゃなく、厄介な人だ。信じられない。

「……それにしても、あなたもちゃんとごはんは食べなくちゃね。ダイエットなんて、必要ないわよ。今は、痩《や》せすぎたモデルはNGってことになってるしねえ。そのポトフ、ちゃんと食べちゃってね」

穏やかに促され、梓はこくりと頷いた。

本当に悔しいけれども、ここでスプーンを置くことはできそうにない。

なんだかとんでもない人だけど、オーギュストの料理の腕だけはたしかなんだろう。美味《おい》しいだけじゃなくて、優しい味のする料理は、今の梓に必要なものが込められている気がする。

――でも、今日だけだ。

梓は肩を落としたまま、考えていた。

仕事で迷惑をかけたくない。でも、食事もしたくない。そのぎりぎりの見極めは難しいけれども、梓にだって意地がある。

いや、意地というよりも願いだ。

それは、叶《かな》えられないのはわかっているのに、縋《すが》りつかずにはいられない強い想いだった。

「そういえば、ガブリエルは？」

「そのまま、カメラリハーサルがてらにお菓子とか小物の撮影続行してるわよ。お弟子さんの指導もかねて」

「……そう」

相変わらず、養父は撮影に夢中だ。

もしかしたら、梓が倒れたことにも気づいていないのかもしれない。

ガブリエルは薄情なわけじゃない。ただ、ひとつのことに夢中になると、他のことは目に入らなくなる人なのだ。

……だからこそ、梓はいつまでも、彼の理想のモデルでありたかった。

ACT 2

――ついてないな、本当に。

仕事中に倒れるという失態を冒した翌日。鬱々《うつうつ》としたままの梓の頭上には、暗い色の雲が立ちこめていた。

パリはそれほど天候のいい都市ではない。特に秋から春のはじめにかけては、どんよりした天気の日が多かった。

それにしたって、初夏にこんな天気になるなんて。まるで、梓の気分を映しだしているみたいだった。

仕事中に倒れたことは、誰にも責められなかった。それどころか、気遣われてしまったくらいだ。でも、梓自身が自分を許しがたい。

養父のガブリエルは、梓が病院からスタジオに戻ったときも、まだ夢中でファインダーを覗いていた。梓が戻ったことに気がついた彼は、ちらりと一瞥してきて、「成長期だったんだね」

と首を傾げながら呟いた。

どうりで身長が伸びたと思った、と。そう、付け加えられて、梓は飛び上がりそうになるくらい驚いた。全身の血が、さっと引いていくのを感じた。

あの言葉が、ずっと頭にこびりついている。

ちょうどガブリエルの肩ぐらいにあった目の位置が、少しずれてきたことには気がついていたけれども、必死で気のせいだと思いこもうとしていたのに。

——伸びた身長って、縮めることはできないよね。……大きくなったのは身長だけ、なのかな……？

これで、体つきががっしりしてきたなんて言われたら、目も当てられない。

撮影は、一週間延期されている。

拙いなりに、モデルの仕事には真面目に取り組んできたつもりだ。こんなことで仕事に穴をあけるのは初めてだし、本当に申しわけない。それに、ガブリエルに呆《あき》れられていたらどうしようと思うと、身の置き所がないような心地になった。

——なんだか、体が重い。

気持ちが沈んでいるからだろうか。

体重が増えていたらどうしよう。ふと、不安が胸を締めつける。

昨日の夜、あのオーギュストという男に押しつけられてしまったポトフのぶん、また大きくなってしまっていたらと思うと、怖くなる。

すごく美味しかった。野菜も肉も口の中でほろりと崩れてとろけるし、丁寧に大事に作られた料理だということは、よくわかった。

しかし、あのポトフが梓の肉になったのかもと考えるだけで、ぶるっと身震いしてしまった。

——でも、この間みたいに、撮影のときに迷惑かけるわけにはいかない、か。もうちょっと、食事の内容考えよう。貧血もあるみたいだし、血を造るものをたくさん食べればいいのかな。そうだ、サプリで鉄分を摂るようにしなくちゃ。

もう二度と同じ失敗は繰りかえしたくないから、梓もあれこれ考える。でも、なんでごはんのことなんて考えなくちゃいけないのかと、本当に憂鬱《ゆううつ》だ。

夕方四時以降は、固形物を絶対に口にしない。朝はサラダと果物とコールド・ハム、昼は果物とヨーグルトだけ。これが、梓がここ半年ほど続けてきた食事の内容だった。その他、サプリメントも摂ってはいたけれども、自己流だ。本や雑誌の記事で研究していたが、一度、医者に相談したほうがいいんだろうか。

食事制限以外は、モデルの仕事をちゃんとこなせるように、梓は健康管理に務めている。ウォーキングで筋肉をつけずに体力の維持をしようと努力しているし、夜更かしなども絶対にしない。早寝早起きは生活の基本だった。

ただ、まだ身長が伸びていることに気がついてから、食事の量をさらに減らしたせいもあって、体に無理がきたのかもしれない。

梓は十三歳のときには、すでに一七〇センチ近くあった。そのあと伸び悩んで、今は一七七センチ。ここ数年、成長は停滞していたので安心していたら、十代の終わりが見えてきたところで身長が伸びてきて、体重も増えやすくなるし、呪われているとしか思えない。

パリ七区、ヴォルテール河岸はアンティークショップが多いことで有名だ。古色蒼然としたショー・ウィンドウに、全身が映る。反射的に、梓は自分の体のラインをたしかめてしまっていた。体重の数字そのものを気にするよりも、鏡で体のラインをチェックするのは、仕事柄のくせでもある。

クリーム色の肌に暗い色の髪。茶色い瞳。顔の作りは華奢で小作りで、そして特定の民族を感じさせないと言われることが多い。日仏ハーフの母と、日本人の父から生まれた梓は、日本人の標準から少し外れた容姿をしていた。

立ち並ぶカフェは無視して、足早に通りすぎる。ぐうっとおなかが鳴った気がするけど、気のせいということにしておこう。

通りすがりに、ハムのバゲットサンドウィッチを丸かじりしていた人と目が合ってしまって、ものすごく恥ずかしかった。なんだか、とても物欲しげな顔をしてしまったのではないか、と。

この国で暮らして六年、フランス語が堪能とは言いがたいけれども、日常生活には不自由ない。世界中の国から集まる多国籍の住人たちや、観光客で溢れかえり、賑《にぎ》わう街での暮らしにも慣れた。

親しい友達というほどの相手はいないが、養父がいてくれる。梓にとっては、それで十分すぎた。

ただ、毎日の生活で、ふと心許ない気持ちになることがあるのは否定できなかった。言い換えると、ここにいてもいいのかな、という不安感。それは、ずっと梓につきまとっているものだ。

フランス人と日本人のクォーターとはいえ、梓は日本で生まれ育った。このフランスでは、自分が異邦人でしかないという意識は、心許なさの理由のひとつだ。でも、たったひとつの理由というわけではなかった。

——そういえば、ガブリエルは今日から撮影旅行だっけ。

アパルトマンに戻っても、ひとりだ。そう思うと、なんだか足が鈍った。

絵画に描かれたことで有名なカルーゼル橋も見えてきて、対岸の右岸にはルーブル宮がそびえ立つ。ここまで来たら、家まですぐそこだ。

セーヌの川面を渡る風が、梓の背を押すかのように吹いている。でも、梓はその場に立ち止まってしまった。

薄曇りの雲のふちを、赤々とした夕日が染めているのを、梓はぼんやりと眺める。

ガブリエルが撮影の仕事に行くたびに、「帰ってきてくれるかな?」なんて、考えてしまう。こんな自分がいやだ。

彼は、梓を置いて出ていった母、梨里子とは違う。血のつながりもないのに、養父になってくれた人だ。今さら、梓を捨てるわけはないのに。

梓は小さく息をつき、頭を振る。

暮れなずむ川面や空の色が、美しいとも思えない。ただ憂鬱だ。ひとりが寂しいのか、それとも空腹のせいか。

六月に入り、ヨーロッパは一番美しい季節を迎えている。道ばたの綺麗な花を眺めているだけで心が和むという人もいるけれど、梓はあいにくそうじゃない。よい香りがすると、胃がしくしく刺激されてしまうこともある。

——帰ろう。

とぼとぼとした足取りで、梓は歩きはじめた。

上級中等教育機関《リセ》のお昼をどうにかやりすごしたものの、帰宅途中のこの時間が、梓にとっては一番しんどい。通りのあちらこちらで、ものを食べている人を見かけてしまうからだ。まったく、どうしてこんなに、パリの街にはカフェが多いんだろうか。

今日は夜に、外出の予定がある。家に戻って、栄養サプリと一緒に空腹を紛らわせるものでも摂ろうか。倒れるわけにはいかないので、カロリーを多少入れるしかない。

牛乳はカロリーが高いから、ヤギミルクを代わりに常備している。あまり美味しいとは思わないけれども、ちょっとは空腹が紛れるだろう。

なんで、おなかは減るんだろう。理不尽だ。食事なんてしたくないのに、すぐにおなかが減るからままならない。生きるのって面倒だと、梓は小さくため息をついた。

梓が養父のガブリエルと暮らすアパルトマンは、パリ左岸、六区にある。古くからの高級住宅街の一角、十八世紀に建てられた貴族の屋敷を改築した建物で、一階にはオーダーメイドの紳士服のお店が入っている。

このアパルトマンに入居しているのは、家政婦さんを雇える程度には収入のある家庭がほとんどで、いわゆる中産階級の住宅、と言ったところか。パリの学生街、カルチェ・ラタンから徒歩圏内ということもあり、研究者や芸術家が好んで住んでいる界隈だ。

日本にいた頃は知りもしなかったことだけれども、ヨーロッパの経済格差は日本人が思っている以上に大きい。日本の感覚だと、家政婦さんを雇えるなんて裕福な人たちだという気がするけれども、こちらでのお金持ち、ブルジョワというのは、もうひとつ桁《けた》が違ってくるようだ。

石造りで、ところどころ苔がむしているものの、窓辺を美しい花々で飾られたアパルトマンは居心地のいい住居だった。

ただ、今日からしばらくは養父がいない。それだけで、建物の美しさも色あせてしまうような気がする。

梓がガブリエルの撮影旅行に同行しないのは、今回が初めてだ。いつもなら、モデルとしてリセを休んでついていくのだけど、たまたまパリでの仕事が入っていて無理だった。

それに、今回の撮影旅行はガブリエルの個人的な写真集の撮影だから、ラ・セーヌの専属モデルである梓が被写体になることはできない。プチ・リリーとしてじゃなく、息子の梓としてならば、ともかく。

——アルジェリアとモロッコに行くって言ってたっけ……。俺をモデルにしたって、コンセプトが合わないだろうな。

明るく晴れた青空の下、さぞ鮮やかな写真をガブリエルは撮るんだろう。自分がそういう健康的なシチュエーションにふさわしくないモデルだという自覚が、梓にはあった。

――とりあえず、ガブリエルのいない間も、学校通って、ちゃんと暮らして……。帰ってきたときに、安心させてあげないと。

学校のことを考えると、さらに気分が沈みこむ。

このままだと、三度目の最終学年を迎えることになるか、高等教育機関入学資格《バカロレア》を諦めるか。梓は今、切羽詰まった立場だった。

リセでの留年は珍しくない。梓の場合、問題は出席日数や成績ではなく、進路が定まらないことだった。

フランスでは、リセを卒業したあとに通う高等教育機関や、職業訓練校で、一生が決まると言ってもいい。そのため、希望の進路に進めなさそうだったら、最終学年で留年という選択をする人も多かった。

ただ、留年する同級生は多くても、他のみんなは梓ほど教師には心配されていない。それぞれ、目標を持っているからだ。

リセを卒業したあとの自分の未来が、梓はどうしても思い描けない。ずっと同じ場所で、足踏みをしているような心地にすらなっていた。こんな状態で、すでに一度留年している。教師が心配するのも、当たりまえだ。

将来の進路が決まらないにしても、バカロレアだけはとっておいたほうがいい。そんな常識は梓もわかっているけれども、未来はもやもやしていて、梓の中にもこのままでいたいという気持ちが強いせいなのか、選ぶということができないままだった。

……本当は、願いごとならある。

ただそれは、とても非建設的な未来予想図で、絶対に口に出してはいけない、叶えられるはずもない願望だった。

だから、梓は口を噤《つぐ》む。

でも、たったひとつのその願いごとが大きすぎて、どうしてもそれ以外の将来を思い描けない。こんな梓は、きっと馬鹿なんだろう。

——なんだかな。留守番することになって、気が滅入っちゃってるのかな。

もうすぐ十九歳なのに、養父の留守が寂しくて凹んでるなんて、さすがに気恥ずかしい。自分のどうしようもなさに、落ち込む。

頭を小さく横に振って、梓はどうにか気分を変えようとした。あんまり湿っぽいことばかり考えていても、仕方がないし。

誰もいないとわかっていながら、気分を変えるように梓は「ただいま」と口にして、玄関のドアを開けた。

＊　＊　＊

「よお、お帰り」

「……は？」

ショルダーバッグが肩からずり下がって、ぽとりと床に落ちる。

梓は、呆然と立ち尽くしてしまった。

誰もいないはずの部屋に、ひとりの男がいる。エプロンをつけて、にこにこしながら梓を出迎えた。

「えっ、なんで、そんな」

部屋の中には、温かな匂いが漂っていた。

病室で食べた、あのポトフみたいな。

どういうわけか、オーギュストが梓たちのアパルトマンにいる。しかも、ここで料理をしていたのだろうか？

わけがわからない。

「ちょうどよかった。俺は、もうちょっとで店に出なくちゃならないからさ。おまえ、メシ食えよ。どうせ、朝昼もろくに食べてないんだろ」

「ど、どうしてですか。なんで、あなたがいるんですか！」

お礼もちゃんと言えなかった、とか。オーギュストが病室から去ったときには、そういう殊勝なことを考えていたのに、なんだか全部吹っ飛んでしまった。矢継ぎ早に、問い詰めるみたいな口調になってしまう。

「どうしてって……。そりゃあ、おまえさんにメシ食わせるために決まってるだろ」

オーギュストは、軽く肩を竦めた。

「なんで、どうして！」

「んー、ガブリエルに頼まれたし？」

「え……」

養父の名前を出されて、梓は目を見開いた。

「ガブリエルが、どうしてあなたに……」

「貧血でぶっ倒れるまで、息子に食事制限をさせるなよって言ったら、『僕は、そういうの疎《うと》いから気づかなかった』ってさ。で、撮影旅行に出てる間、おまえの食事が心配だなんだって話になって」

オーギュストは、ぱちんと片目をつぶる。

「俺が親切にも、しばらくおまえの食事の面倒を見てやろうっていう話になったんだ」

「……そんなの、いいのに」

梓はつい、正直な気持ちを漏らしてしまう。

たしかに、オーギュストの作ってくれたごはんは美味しかった。美味しいから、困る。今でさえ、食欲をもてあましているのに、これ以上食い気がついたらどうしたらいいんだろう。

「その血色の悪い顔、どうにかしてから言えって」

オーギュストは、ぺしっと梓の頭を叩く。

「そういえば、ガブリエルの撮影旅行についていかないの、初めてだって？　変わった親子関係だな。パパ大好きっ子なのか」

「いいじゃないですか、別に。そんな、人の家のこと関係ないでしょう」

からかうような口調に、つい可愛げのないことを言ってしまう。

でも、人の家のことだなんて言える立場ではないと、すぐに梓は気がついた。先日、倒れた梓を病院に連れていってくれたのはオーギュストだ。迷惑をかけてしまっているのに、関係ないとは言いがたい。

うしろめたくなって、思わず梓は俯《うつむ》いてしまう。どうしてオーギュストには、言わなくてもいいことを言ってしまうんだろう。

「……ごめん」

もじつくように手を背のうしろで組んで、梓は小声で呟いた。言葉を紡ぐのに、ちょっと勇気が必要だった。

「……ん?」

「この間は、迷惑かけてごめんなさい。スープ、あったかかった」

ようやくのことで、そこまで言う。感謝の言葉を口にしたとたん、猛烈に梓は気恥ずかしくなった。もう、絶対に顔が上げられない。

「なんだ、おまえ。可愛いじゃん」

小さく噴き出したオーギュストは、梓の頬を両手で包みこんだ。

そして、無理やりというには、あまりにもさり気なく自然に、梓に上を向かせた。

「えっ」

「スープ、美味かっただろう?」

目が合った。

綺麗な青い色の瞳が、この上もなく楽しげな笑みを浮かべていた。

そんなふうに言われると、素直に「美味しかった」と言いがたい。我ながら、素直じゃないかもしれない。

「……自信家ですね」

「だって、俺の料理めちゃ美味いし。事実、自信持つしかないし？」

にやりと、オーギュストは笑う。

なんて自信家。でも、ちっとも鼻につく感じじゃなかった。むしろ、痛快さすら感じる。

つられて微笑んでしまった梓だが、あることに気がついて、困惑した。

「えっ、な、やっ」

オーギュストの顔が、やけに近い。もうちょっとで、肌と肌が触れてしまいそうなくらい。

――ち、近い、近い、近いよー！

頬に吐息がかかる。

そういえば、このくちびるに触れたのだ。

あれは、紛れもなく、梓のファーストキスだった。

その感触が、蘇《よみがえ》る。とたんに、梓の頬にぱっと朱が散った。

「ん？　どうしたんだ。照れてるのか」

オーギュストは、軽く首を傾げる。やがて彼は、なにかに気がついたかのように微笑んだ。

「……あ、期待に応えようか」

「き、期待なんて……！」

ぶんぶんと、梓は首を横に振る。

「えっ、俺のメシ食いたくない？」

「……は」

「だから、期待に応えて、俺特製ディナー用意するから。ちょっと時間早いけど、食えよ」

にやりと、オーギュストは人の悪い笑みを浮かべた。

「それとも、別のこと期待してた？」

オーギュストに問われて、梓は言葉をなくす。早とちりしたのは梓が悪いかもしれないけど、絶対にからかわれてる。

「期待なんかしてません！」

「それなら、メシ食うぞ。いらないとは言わせないからな。どうしてもっつーなら、また口移しで食べさせるから」

「た、食べます。でも、口移しはいやです！　それに、今日は夜に打ち合わせ入ってるから、あんまりゆっくり食事してる時間はありません」

オーギュストにとっては、キスなんて挨拶がわりの行為かもしれない。でも、梓にとっては違う。

気易く、容易《たやす》く、触れないでほしかった。

真っ赤になった梓の頭を、オーギュストはぽんぽんと叩いた。

「よしよし、わかったよ。じゃあ、手を洗ってこい」

「……うん」

頷いて、洗面所に行きかけて、はっと梓は気づく。もう完全に、オーギュストのペースだ。

――ハメられた。

がっくりと、梓はうなだれる。

でも、キッチンから漂う温かい匂いに、反抗する気力を根こそぎ奪われている。それに、ガブリエルに心配をかけてしまったというのも、梓にとっては地味にダメージとなっていた。

仕方がない。

対策は今後考えるとして、今はとにかく、オーギュストの言うとおり食事をするしかないのだろう。

それに、梓にとってはありがた迷惑だろうとも、オーギュストは梓のために食事を作ってくれたのだ。いらない、なんて、やっぱり言えない。

記憶にあるかぎり、実母は料理をしない人だった。ガブリエルも、一切の家事をしない。だから、梓にとって、誰かに食事を作ってもらうというのは、オーギュストが初めての経験ということになる。

ただ美味しいだけじゃなくて、胸に染み入るぬくもりが、彼の食事にはあった。

梓の中にはどうしようもなく、人恋しい寂しがり屋の部分がある。オーギュストに弱いのは、そのせいかもしれない。

——食べたって、成長せずにすむのならいいのに……。

我ながら、無茶だと思う。自分でも、子どもじみているのがわかるから、梓はそっと肩を落とした。

ACT 3

「顔色がよくなったわね」

梓に化粧を施すジルは、安心した様子で呟いた。

モデルとして出かけるときは、いつもジルが家まで迎えにきて、女の子に見えるようにメイクをしてくれている。もともとメイクアップアーティストだった彼女は、とても器用に筆を動かして、梓の顔を女の子っぽく見せてくれた。

「えっ」

目を閉じて、おとなしくジルに身を任せていた梓は、思わずぱっちりと目を開けてしまう。

視線が合うと、ジルはにっこりと微笑みかけてきた。

「化粧ノリがよくなったから、すぐわかったわ。ムシュー・バティーニュの食事のおかげかしら」

「……」

梓は無言で、眉を寄せる。

オーギュストが食事を作りに来るようになって、一週間。たったそれだけの期間で、そんなに変わるのだろうか。

「もしかして、太った？」

むっちりして、肌に張りが出てきたのではないか。ずっと気にしていたことを、そっと梓は尋ねてしまった。

「ううん。太ったとか、そういうことではないの」

ジルは、慌てたように首を横に振る。そして、ひっそり付け加えた。

「そんなに、ウエイトを気にしなくていいのよ。あんまり痩せすぎても、消費者団体から抗議がきて、モデルの仕事がなくなっちゃう」

「……うん」

梓は、こくりと頷く。

EU全般で、モデルの体形についての議論は盛んだ。その中でもフランスでの議論は激しく、つい先日、法律で痩せすぎのモデルが禁じられたばかりだった。

「なによりも、病気になったら、たいへんだしね」

ジルは、穏やかに梓を窘めた。その口調からすると、もしかしたら梓の食事量を、ずっと心配していたのかもしれない。

ますます、落ちこんでしまう。

モデルの仕事というのは、梓にとってある意味拠り所になっていた。ガブリエルとの関係の、根底とも言っていい。

でも、こんなふうに心配されてしまう状態では、その根底に揺らぎを感じる。モデルとして役立たずになったらと思うと、身が竦む。

「そうだね。気をつけます」

不安を打ち消すように、しっかりと梓は頷いた。

これ以上成長したくない。しかしそれと同時に、健康を維持することもまた、同じくらい大事なのだ。

さすがに、それがわからないほど、梓も子どもではない。

もう、モデルの仕事で失態を冒したくなんかなかった。同じ失敗を繰りかえして呆れられ、梓なんてもういらないと言われるのが、なにより怖い。

けれども、体形変化によって用済みになることへの怖れもまた、やっぱり根深いものだった。

——男としてモデルをやるには、背が足りない。

ジルに隠れるように、そっと梓は手のひらを握りこむ。

——なにより、ガブリエルは『女』としての俺を必要としてるから……。どうにか、今の体形をキープしなくちゃ。

女物の服が、似合うように。滑稽《こっけい》な女装にならないように……――梓の頭を占めているのは、その思いだけだった。

梓に頬紅を差し、ジルは微笑んだ。

「さあ、これでおしまい。今日も綺麗よ、梓。いいえ、プチ・リリー。スタジオに出かけましょう」

「……うん！」

梓は、大きく頷いた。

梓にとって、ジルは一番身近な観察者だ。こうやって褒められると、元気が出る。彼女は、常に自信のない梓を励ましてくれた。

梓の存在意義は、ガブリエル・デュクドレーの掌中の珠、きら星のように現れた少女モデル、プチ・リリーであること。

それ以上でも、それ以下でもない。

ガブリエルの傍にいるための、絶対条件。それを守るためになら、梓はどんな努力でもできる。

――ガブリエルが撮影旅行から戻ってくるまでに、この間の失敗を挽回しておかないと。…

……いい絵を撮ってもらわなくちゃ。

決意をとびっきりの笑みに変えて、梓はジルと連れ立って歩きはじめた。


今日はブランドアピールのための雑誌のインタビューとグラビアの仕事で、撮影がすべて終了する頃には深夜になっていた。ジルに送ってもらった梓は、ふとアパルトマンを見あげ、目を瞠った。自分の部屋に、電気がついていたからだ。

待ってる相手がガブリエルじゃないのはわかっていても、灯《あか》りのついた部屋に帰れると思うと、それだけで幸せな気持ちになる。梓は本当に単純で、どうしようもなく寂しさに弱い。

「……ただいま」

小声で呟きながら玄関のドアを開けると、思ったとおりオーギュストが顔を出した。

「よっ、お帰り。今日はまた、ずいぶん可愛い格好しているじゃないか」

「……」

梓は、眉間に皺を寄せる。

ジルやスタッフに褒められてもなにも感じないのに、オーギュストに「可愛い」と言われると、やけにむずがゆい気持ちになった。モデルという職業柄、撮影のときのテンションを上げるために、褒めそやされることには慣れているのに。

オーギュストの言葉に一々反応してしまう自分が不思議で、またそれを意識すると居たたまれないような気持ちになる。梓の表情は自然に強張《こわば》ってしまった。

いやな気持ちになっているわけではない、たぶん。

「こんな時間に来てるなんて」

時計を確認すると、ちょうど日付が変わった頃だった。今日は夕飯を抜いて、もう眠るつもりだったけれども、オーギュストはキッチンで火を使っていたようだ。

「おー、今日は忙しくてさ。昼にメシ作りに来れなかったから、どうしようかと思ったんだけど。マダムにメールしたら、おまえも仕事で遅くなるって話だったから……。俺も仕事のあとに寄ってみたんだよ。いいタイミングで帰ってきたな」

首尾よくいったのが嬉しいのか、オーギュストは満足げだ。

梓たちのアパルトマンと同じ六区、オデオン座の近くにオーギュストの店はある。そうはいっても、毎日通ってくるのはたいへんだろう。しかし、オーギュストはいやな顔ひとつ見せず、いつも楽しそうだ。

いくらガブリエルの知人とはいえ、オーギュストは有名料理人だ。店を切り盛りする以外にも、取材やら企画協力やらと、たくさん仕事を抱えているらしい。それなのに、毎日のようにアパルトマンに通ってくる。さすがに三食作りに来るのは無理だからと、手が空いたときにやってきて、温めるだけで食べられる料理を、たくさん冷蔵庫に詰めこんで帰っていくのだ。それがもう、一週間続いていた。

梓に食事をさせなければいけないという、謎の使命感がオーギュストを駆り立てているらしい。だからといって、彼みたいに高名な料理人がこんなふうに時間を割いてくれるなんて、誰が考えるだろう。

彼がこうして訪ねてきてくれることを、「よけいなお節介」と突っぱねられないでいる。オーギュストには素直に言えないけれども、嬉しい気持ちもあった。

梓は孤独に弱い。そして、人のぬくもりに飢えていた。

養父のガブリエルさえいてくれればいいと思っていたけれども、自分で思っていたよりも、梓は貪欲《どんよく》だったらしい。

そんな自分の気持ちが恥ずかしくて、はにかむように梓は俯いた。

「……そんなの、別にいいのに」

素直なお礼の言葉を、身構えずに言える性格だったらよかったのに。照れ隠しみたいに、素っ気ないことしか言えない。

「遠慮するなって。俺も、好きでやってるんだ」

オーギュストは、軽く肩を竦めた。

「でも、今日は時間が時間だからな。具なしのコンソメスープくらいにしておいたほうがいいだろう。かわりに、明日はたっぷりとした朝食にしようぜ」

「……うん」

オーギュストも、なにも闇雲に梓に食事をさせようとしているわけじゃないらしい。

食事は人生の喜びだというのは、彼の信念だ。でも、単純に彼の信念を梓に押しつけようとしているわけではなく、梓を慮《おもんぱか》ってくれている。

そんな彼の気持ちに気づいてしまうと、梓の頬は赤らんでしまう。照れくさいけど、嬉しい。誰かに気遣ってもらえるという、その事実が。

――具なしのスープ飲むくらいなら、大丈夫だよね。

おなかが鳴りそうになって、梓は思わず腹部を押さえた。

オーギュストが家に来るようになってから、食事を抜くということができなくなった梓は、空腹という感覚を強く意識するようになった。人として、空腹ならば食事をするのが正常だというのはわかっている。しかし、梓にとっては悩ましい話だ。どうしたって、背が伸びるのではないかとか、太るのではないかとか、体形変化を意識せずにいられない。

洗面所で手を洗っている梓の背後から、オーギュストは声をかけてくる。温かな食べ物の匂いとともに。

「しかし、おまえもたいへんだなあ。まだリセにも通っているんだろ。そのうえ、こんな時間までモデルの仕事までして、遊ぶ時間もないんじゃないのか」

「……平気です」

梓は小さく息をつく。

リセに友達がいないわけじゃないが、リセから帰って外に遊びに行くほど親しくはなかった。それを特に寂しいと思ったこともない。

友達に時間を割くよりも、不在がちなガブリエルの帰宅を待っていたほうがいい。彼が褒めてくれるから、モデルをしていたほうがいい……——そういうわけで、梓の生活はガブリエル中心で回っていた。

「モデルの仕事、好きなんだな」

そう言われて、思わず梓は言葉に詰まる。モデルの仕事を、好きだとか嫌いだとかで考えたことはなかったからだ。

それは、梓にとってはやらなくてはいけないこと。たったひとつの、拠り所を守るべき道具でもあった。

黙りこんだ梓に対して、オーギュストは小さく首を傾げてみせる。その青い瞳には、問いかけるような光が宿った。

「……なんか、あるのか？」

「え……っ」

梓は面食らった。

言葉に詰まったのは、ほんのわずかな間。しかし、そのわずかな隙を、オーギュストには気づかれてしまったみたいだ。

「話なら聞いてやるぞ。つーか、話せ」

オーギュストは、身を乗りだしてくる。好奇心じゃなくて、親切心からの言葉だとわかるから、梓も邪険にはできない。

「でも、まあ、その前にメシだな」

にっこりと笑った彼は、梓にダイニングテーブルにつくように目顔で促してきた。

ここで振り切って、寝室に籠もるという真似ができたらよかったのかもしれない。でも、できない。オーギュストの声には、有無を言わせないトーンがあった。彼は時々こんなふうに、人を容易く従わせる声音《こわね》になる。

梓の暮らすアパルトマンは、広い広間《サルーン》にダイニングテーブルと応接のソファセットが置かれている。梓はダイニングテーブルに、しょんぼりしながら腰を下ろした。

温めたコンソメスープをスープ皿になみなみと注いで、オーギュストは梓へと差しだしてきた。

「このスープは美味いぞ。なにせ、うちの店でお客さんに出してるものだしな」

オーギュストは、得意げな表情になる。

「二日がかりで煮込んだスープだ。仔牛のしっぽや骨を使ってるから、滋味たっぷり。他で飲めないくらい、こくのある味だぞ」

彼自身もスープで食事をすませるつもりらしい。大きな手のひらに、スプーンを握りしめていた。

「……うん、やっぱ美味い」

口をつけたとたん、オーギュストはためらいもなく自画自賛に走る。

梓もそっとスープを口に含むが、たしかにこんなコンソメスープは飲んだことがない。野菜と肉の味が入り交じって、ゆっくりと体の隅々にまで広がっていく。

オーギュストの言うとおりだ、本当に美味しい。味が素晴らしいだけじゃなくて、彼のスープは梓の心まで温めて、ほこほことさせてくれる。最初に食べさせられた、あのポトフもそうだった。

オーギュストは、フランス料理の料理人だ。でも、梓のために作ってくれるのは、手のこんだ華やかな料理というよりも、こういう伝統的な家庭料理だった。梓の境遇はガブリエルから聞いているだろうから、梓に合わせたメニューを選択しているのだろう。

彼は素晴らしい腕を持つ料理人で、自信家だ。でもそれは、技術が素晴らしいというだけじゃないんだと思う。自分の腕前をひけらかすためじゃなくて、食べる相手のために料理を作ってくれる。そういうところが素晴らしい料理人なのではないかと、梓は思った。

「で、なにがあった?」

真正面から見つめてくるオーギュストは、大真面目な表情だ。梓に関わることを決めたからには引く気はないと、そういう顔をしていた。

こんな人に、今まで会ったことがない。

梓の親しい大人というと、まず仕事関係者だ。彼らに、プライベートのことを話そうとは思わない。彼らもまた、梓に私的な話をすることはなかったし、深入りしてくることもない。お互いに遠慮している。

梓にとって唯一の身内である養父のガブリエルは、とてもマイペースで、基本的に写真のことしか頭にない人だ。話題といえば写真のことばかり。話をするというよりも、いつも梓がガブリエルの話を聞いている。でも、そういうガブリエルが好きだ。

彼に対して不満があるわけじゃない。だが、こうしてじっと梓の瞳を見つめて、耳を傾けてくれるオーギュストの態度に、梓の胸はとくんと高鳴ってしまった。

「親父に話せない悩みごとでもなんでも話せよ。内緒にしておいてやるからさ」

オーギュストは駄目押しみたいに、片目をつぶってみせた。

梓は、目を丸くした。

オーギュストという人は、ずいぶんお節介らしい。パリの人は、フランスの他の地方の人からも、お高く止まってるだの個人主義だの言われることが珍しくないけれども、オーギュストはそういうステレオタイプとはずいぶん違うようだ。

本当に、いつも予想もしないことを言いだす。

梓は、目を伏せた。

「悩みなんて、ないです」

「モデルの仕事で、なにかあるんだろ」

「……」

断言されて、「ありません」と返すことができなかった。オーギュストの瞳があまりにも真摯で、胸の中まで覗きこむようなものだったせいだろうか。彼の眼差しには、虚勢をすぐに見抜かれてしまいそうだった。

だから、上手に意地を張れなくなる。

オーギュストは、声を潜めた。

「無理な減量してんだろ。単純にダイエットって話じゃなくて」

どこか咎《とが》めるような声に、梓ははっとした。

疑われている。

「ジルは、もっと太っていいと言ってくれてます！　無理にダイエットさせられているわけじゃないですから」

梓は慌てた。梓の食が細いことを心配してくれているマネージャーが、あらぬ疑いをかけられたら可哀想だ。

「じゃあ、ガブリエルか？」

その問いかけは、疑問形というより単なる確認でしかない。オーギュスト自身が、それはないだろうと感じているようだった。

梓は、小さく息をつく。

「ガブリエルも、俺の生活に口出すような人じゃないです」

「そうだろうな」

頬杖をついたオーギュストは、ちらりと梓を一瞥した。無造作な仕草が、やたらさまになる人だ。

「じゃあ、おまえがメシ食いたくないだけって話？」

「……そうです」

梓は、小さく頷いた。

もう、これでこの話は終わりにしてほしいと、真剣に願いながら。

ところがオーギュストは、大きく目を見開いたかと思うと、ぐっと梓へ顔を近づけてきた。

梓が思わず、うしろにのけぞりたくなるほどの勢いで。

「お、俺は、パーティー会場でも、そう言ったはずですけど」

たじろぎつつも、梓は付け加える。これ以上、ぐいぐい来ないでほしかった。

「うわー、本気か」

オーギュストは、深々とため息をついた。

「メシ食いたくないって、ないわー」

「……でも、俺はそうなんだし」

梓は、ぽつりと呟く。

いくら美食の国で暮らしていたって、食に興味がない人間がいたっていいはずだ。梓の場合は正確には、食に興味がないわけじゃなくて、食べることより大事にしているものがあるだけだ。

ただ、それを上手にオーギュストへ伝えられる自信はなかった。

「そうなんだし、じゃない。そりゃおかしいよ。メシ食うって、生きる基本じゃん？」

オーギュストは、本気の呆れ顔だ。

彼の言うことはわからないでもないけど、梓はあえてわからず屋になった。

「まったく食べないわけじゃないです」

「でも、足りないだろ。育ち盛りなんだし」

梓は眉間に皺を寄せる。

「今年で十九歳なんだから、別に育ち盛りってわけじゃ……」

「えっ、十九歳？　十三、四歳かと」

思わず、梓は黙りこむ。これでも一応、平均的な身長には足りている。それほど、子どもっぽい顔立ちとも思っていないのに。

しかし、オーギュストの言葉は嬉しいものだった。黙りこんだのは、思わず笑ってしまいそうだったからだ。

だって、オーギュストの目からは、梓は男女差がはっきりしはじめたばかりの年頃に見えるということだ。つまり、まだ女装モデルをやっていても大丈夫……――ガブリエルの役に立てるということになるだろう。

「……日本人の血が濃いからじゃないですか」

「ああ、アジア人って若く見えるよな」

オーギュストは、肩を竦めた。

――十三、四歳に見える、か……。

何度も心の中で、繰りかえし呟く。

こんなときに馬鹿みたいだが、梓にとってその言葉は、とても嬉しいものだった。できることならば、自分の体に流れる時間を、止めてほしいくらいだ。

「でもさ、思春期ってわけじゃないんだろうけど、まだ十代なんだろ。メシはちゃんと食わないと。ほら、冷める前に全部飲めよ」

「……はい」

梓はスプーンを手にする。

少し冷めてしまったスープは、ごくごくと飲めてしまった。あっという間に、お皿は空になる。

ちょっとだけ緊張していて、食器が不作法な音を立てた。しまった、と思ったけれども、オーギュストはなにも言わなかった。

彼はにこにこしながら、梓の食べる様子を眺めている。

思えば梓は、こうして誰かと差し向かいで、見つめられながら食事をすることに慣れていない。

物心ついたときには、既に実父母の関係は破綻《はたん》していた。そのあと、ガブリエルと結婚した実母に連れられ渡仏したものの、実母もガブリエルも仕事で飛びまわっていて、食卓はいつもひとりだった。

オーギュストが食事を作ってくれるようになってからも、彼は梓が不在中にアパルトマンに来て、そっと食事の支度をしていくばかりだった。だから、一緒に食事をしていたわけでもなかった。

ポトフを食べさせてもらったときも、そういえばこうして見つめられていた。オーギュストの眼差しは、ちゃんと彼の料理が梓の体の中に入っていくのか、細心の注意を払って見守っているかのようだった。

どういう顔をして、食事をすればいいのかわからない。なんとなく、おどおどしながら、梓はスープを飲み干した。

「……美味しい」

思わずこぼれた言葉は、いつわりのない本音だった。

なんだかばつが悪い。でも、スープがあまりにも美味しくて、張り詰めていた気持ちが解け

たのかも知れない。いつになく、素直な気持ちになっていた。

コンソメスープはフランスではポピュラーなスープで、たびたび口にしたことはある。でも、こんなにもあったかくて、優しい味をしたスープを飲むのは、初めてだ。

じんわりと、そのぬくもりが胸に染みていく。

オーギュストに対しては、なんとなく素直になれない気持ちがあった。でも、そんな梓の可愛げのなさまでひっくるめて、オーギュストはお構いなしで、関わってこようとする。傍若無人なくらいの押しの強さで、いつか意地も隠しごとも全部、暴かれそうで怖くなる。

「そうだろう?」

にやりと、オーギュストは笑う。

「俺が作ったものだしな」

やっぱり、彼は相当の自信家だ。

でも、ちっともいやな気はしなかった。

この上もなく嬉しそうな、幸せそうな表情をして、自分の作ったスープに口をつけている彼を見ているうちに、梓はちょっとだけ笑ってしまった。

＊　＊　＊

「そういえば、おまえは明日の予定どうなってる?」

スープを食べさせてもらったので、梓は洗い物を買って出た。その傍ら、朝ごはん用のパンを仕込んでいたオーギュストは、ふと思いだしたように尋ねてきた。

「俺は、明日オフなんだ。よかったら、三食、一緒に飯食おうぜ」

「……俺、明日はリセの授業があるから無理です」

「ああ、そっか」

忘れていたと言わんばかりに、オーギュストは目をしばたたかせた。

梓は、小さく肩をすぼめる。梓の年齢では、本当だったらリセを卒業できているはずなので、オーギュストの態度も無理はない。

「留年しちゃってるし、ちゃんと学校に行かないと」

「おまえさんには仕事があるから、たいへんだな」

「……違います。まだ、進路を決めてなくて」

梓は、小さくため息をついた。

梓がモデルをやっている理由は、第一にガブリエルの被写体でありたいからだ。ふたつめは、彼にできるだけ迷惑をかけないよう、生活費を稼ぎたかったからだ。

だからといって、留年しなくてはいけないほど、学力に差し障りが出るような仕事の仕方はしていない。

ただ、梓がまだ、これから先の自分の道を選べないでいるだけで。

……いや、正直にいえば、選びたくない。

できればずっと、今のままでいたかった。その思いが強すぎて、どのバカロレアを受験するかを選択できないのだ。

年をとりたくないなんて、いくらなんでも子どもじみていると思う。けれども、それが梓の素直な気持ちなのだ。

――本当の望みは、叶わないし。

梓は、深く息をついた。

本音を言ってしまえば、梓はいつまでもガブリエルのモデルでいたい。望みは、たったひとつだけだ。でも、その望みは決して、叶うはずのないものだった。

いつか梓は大人になり、女装なんて似合わなくなってしまう。ガブリエルの視界に映る、最高の被写体のままでいられなくなる。

それが、なにより怖かった。

成長したくない。今と違う、大人の自分になりたくない。その気持ちは、食事を厭う心にもつながってしまっている。

でも、こんなことはオーギュストに言えなかった。自分の望みがどれだけ幼く、無茶なことを言っているのか、十分すぎるほどわかっているからだ。

「進路決めてない？　ああ、なるほど。悩むよなあ。なにせ、バカロレア次第で人生決まっちゃうわけだしさ」

オーギュストは、深く頷く。

進路を決めかねているなんてと批難されるかと思ったけど、思ったより反応が穏やかだ。梓は知らないうちに、ほっと息をついていた。

「一発勝負、やり直しがきかない進路選択って、やっぱ怖い。俺も、リセの最終学年のときは、本当に悩んだぜ」

「あなたも？」

「ああ」

オーギュストは単純に同調しているというふうでもなく、心の底から、気持ちをこめて同意してくれているみたいだ。

「そうなんですか」

なんだか、意外だ。自分の人生に自信満々で、およそ進路の悩みとは縁遠い人に見えるというのに。

「梓は、将来なにになりたいんだ。ずっと、モデルを続けたいのか」

「モデルを続けたいというか……」

梓は、小さく息をついた。

「ずっと、このままでいられたらいいのに」

囁《ささや》くように、かすれた声で、言うつもりもなかった本音をついこぼしてしまう。それだけ、オーギュストに対して気が緩んでしまっていたのかもしれない。

「なんだ、あれか。大人になりたくないってやつか」

ずばりと、胸の中に切りこまれた気がした。

大人になりたくないというのは、梓が望む状態を保つための手段だ。目的じゃない。でも、そこまで彼に説明する気にはなれず、梓はきゅっとくちびるを引き結んだ。

オーギュストは、肩を竦める。

「……まあ、十代の頃は、そういう気持ちもあるかもしれないけどさ。人間は年をとる生き物だし、年をとるのって楽しいぞ。大人になれば、自分の人生を好きなように生きられる」

「好きなように？」

「そう、俺みたいにさ」

どこか得意げに、オーギュストは言う。

「いや、実はさ。俺、結構いいところの坊ちゃんなんだよな」

「貴族なんですよね?」

梓がそう言ったのは、オーギュストのフルネームを思いだしたからだ。

オーギュスト・ドゥ・バティーニュ。たしかに、ドゥ・バティーニュという名字は、貴族の持つものだった。

「ああ、そう。一応、元伯爵家出身なんだ」

さらりと、オーギュストは肯定する。

「で、まあ、経済的にもなにも問題ないし、俺の成績ならグランゼコールに進学できるって話になって……。両親なんかは、やっぱり行けるものは行っておけ、って言ってたわけ」

「グランゼコール、ですか」

梓は、目を丸くする。

明るくて、わりと軽い感じの雰囲気の持ち主であるオーギュストと、エリート養成校であるグランゼコールのイメージは結びつかない。それにしても、梓と同じ年頃のオーギュストは、とても優秀だったらしい。

フランスにおいて、大学以上に価値があると考えられている教育機関、それがグランゼコールだ。大学入学資格であるバカロレアに合格後、ごく一部の選ばれた人が準備学級に進学して、さらにその中の少数がグランゼコールの門をくぐることができる。

フランスの政界のエリートと言われる人たちのほとんどが、グランゼコールの出身だと言っても言い過ぎではなかった。

そして、グランゼコール出身者が、料理人になるなんて考えられない。

梓は、まじまじとオーギュストを見つめてしまった。

たぶん、疑問は顔に出ていたのだろう。

オーギュストは、小さく笑う。

「なんで、そういう立場の人間が、料理人やってるんだって顔だな」

「……はい」

「そりゃ簡単だ。絶対にグランゼコールなんか行かないと言って、家を飛びだしたんだよ」

オーギュストは、小さく肩を竦める。

「どうしても、料理人になりたくてさ」

「上流階級の人で、珍しいですね」

梓は目を丸くする。

フランスは自由と平等の国なんて言われているし、貴族制度はないけれども、隠れた階級社会でもあった。欧州には、そういう国が多いのだけど。

上流階級、ブルジョア、中産階級、さらにその下の階級と、なんとなく所属するグループに好まれる職業、ふさわしいと言われている社会的地位というものもある。オーギュストの職業は、上流階級出身という彼の出自に、ぴったりくるものではなかった。

「そうかもな」

オーギュストは苦笑した。

「俺らなんて、あんまり食に執着しないように育てられるし、料理に関心を持つなんてエレガントじゃないっていう扱いだからさ……。食事中に食べているものの話をしないのがマナーなんだよな。これが美味い、なんて話題も駄目でさ」

くちびるをつんと尖《とが》らせて、いかにもつまらなさそうな表情で、オーギュストはぼやく。そんな味も素っ気もない食卓がつまらなくてつまらなくて仕方がなかったのだと言わんばかりの横顔をしていた。

「……そうなんですか？」

「そう、それがお上品なんだって」

オーギュストは、軽く肩を竦める。

「でもさ、俺はそういうのはいやで。中産階級の文化の中で育った友達の家なんか行くと、食事中の会話がなんか楽しかったんだよなー。あれが美味しい、これが美味しい、作り方教えてなんて話が飛び交って。食事って、こんなに楽しくて、幸せなもんだって、それで初めて知ったんだ。和気藹々《わきあいあい》とした食卓って最高だよ。俺の店も、そういうのを目指してる。だから、どれだけ星をもらおうとも、あんまり気取った感じにしたくないんだ」

いたずらっぽく、オーギュストは笑う。

「……それでさ、俺は親に黙って、職業バカロレアを受験したんだ」

「えっ」

梓は、目を丸くする。

バカロレアにはいくつか種類がある。どのバカロレアを取得したかで、進学先が限定された。

グランゼコールに進学するような人は、職業バカロレアを受けない。

「そんで、料理人の修業ができる、職業訓練の高等学校に入学したんだ」

「でもそれって、家族に反対されなかったんですか？」

「反対されたさ」

しれっとした表情で、オーギュストは言う。

「だから、勘当されちゃったんだよな」

「勘当……！」

梓は大きく息を呑む。要するに、親子の縁が切れたということか。梓にとっては、悪夢みたいな話だ。

……それでもやりたいことがあったオーギュストの心境が梓に理解できる日は、たぶん来ないだろう。

「あー、そんな顔するなって」

にっこりと、オーギュストは笑う。

「たまたま俺が作った料理を食べた人が、俺の夢を理解してくれてさ。その人の援助で、どうにか学校を出て、料理人になったんだよ」

「そうだったんですか……」

もっと恵まれた人だと思っていた。けれども、彼は自分の好きなことを貫くために、それなりに苦労をしてきたらしい。

たとえ援助してくれる人がいても、本人がにこにこ笑っていても、家族との縁を切ることになって、葛藤がなかったはずはないのだから。

「まー、あれだ。そんなわけで、進路選択は大事だって話」

くすりと、オーギュストは笑った。

「それに、グランゼコールを出て、官僚や政治家になっていたら、梓に会えなかっただろうしな」

「……っ」

梓はつい、拭いていたお皿をシンクに落としてしまった。派手な音にびくっとしたけど、丈夫なボーンチャイナで助かった。

茶目っ気たっぷりに顔を覗きこむなんて真似、しないでほしい。

――ち、近いってば……っ。

梓は、びくんとしてしまう。

男前の無邪気な笑顔に、心臓がどきどきしはじめた。

――前から思ってたけど、パーソナルスペース近すぎだよ。

明るく、軽く、オーギュストはこういうことを言えてしまう人なのだ。だから、いちいち真正面から取りあっていたら、きっと身が持たない。

そうやって、理性的に考えて、冷静になろうとしていても、オーギュストはそうさせてくれない。なんだか、どんどん詰め寄られてきている気がする。気のせいだろうか。

なんて厄介な人なんだろう。

「漠然とでいいから、興味あることとかないのか。とりあえず、バカロレアはどれかひとつ選ぶしかないし。汎用性高いのがいいかもしれないぞ」

「……やりたいことなんて」

視線を落とした梓は、小さく呟いた。

「ガブリエルのモデルやっている以外の、自分が想像できないし」

「じゃあ、やっぱりおまえのしたいことって、つまりモデルってことになるんじゃないか。違うのか？」

本気でわからないと言わんばかりの表情で、オーギュストは言う。

梓も、彼に理解してもらえるとは思わない。

ガブリエルが望んでいるのは、あくまでプチ・リリー。いなくなった梨里子の身代わりである、女性モデルだ。

でも、梓は成長してしまう。今の容姿を保てるのは、あと何年だろうか。

梓は、モデルをしたいわけじゃない。ガブリエルのための、モデルでありたいだけだ。そして、それが女装モデルのプチ・リリーである以上、梓はそうありつづけることしかできない。

梓は、ぎゅっとくちびるを引き結ぶ。

自分がどれだけ馬鹿げたことを願っているのか、痛いほどわかっている。でも、ガブリエルのためのモデルであることが、梓の唯一の拠り所で、今までのすべてだった。だから、そうじゃなくなる自分を想像するのは難しいどころじゃない。怖かった。暗闇の中を、手探りで歩かされるような心地になる。

オーギュストは無言で、梓を見つめる。その視線の強さすら、梓を追いつめていく。

やがて彼は、いきなり粉まみれだった手を洗いはじめた。そして、綺麗に水をエプロンで拭き取ったあと、ぽんと梓の肩を叩いた。

「よしわかった。おまえさ、今度休みの日に、俺のところに来いよ」

「えっ」

梓は驚きのあまり、顔を上げてしまう。

オーギュストは、いったいなにを言いだすのだろうか。話の流れに、脈絡がなさすぎる。

「リセもモデルの仕事も休みのときだって、あるんだろう?」

「そりゃ、ないわけじゃないけど……」

梓は眉を寄せる。

たしかに、三百六十五日働いているわけでも、リセの授業があるわけでもない。だからといって、その休みをオーギュストと過ごすというのは、考えてもみなかった話だ。

「じゃあ、それで決まりだ」

ぱっちりと、オーギュストはウインクしてみせる。

「でも、どうして」

「どうしてって？　そりゃ、おまえさんは俺とデートするべきだと思ったからさ」

いつものとおり、自信たっぷりにオーギュストは断言した。

「……はあ？」

梓は、目を丸くする。

「わけがわからないです」

「なんで」

オーギュストは、小さく首を傾げる。可愛いという形容詞から、彼の容姿はまったくかけ離れている。それなのに、なんだかチャーミングな仕草だと思ってしまった。

いろんな意味で、梓はおかしくなっている。たぶん、オーギュストに振り回されて、判断力も感性も狂いはじめている。

「俺、男だし。……プライベートで、女装なんてするつもりはないですよ」

梓は、強く釘を刺した。

もしかしたらオーギュストが期待しているのは、プチ・リリーとしての梓なのかもしれない。梓が駄々をこねたからといって、口移しなんて真似までしてきたし。

でも、あの姿で歩きまわったら、パパラッチに写真を撮られることもあるかもしれない。それだけは、いやだ。

オーギュストは、あっさりと首を横に振った。

「いやいや、必要ないし。あと、男だとか女だとか、そういうのは単なる属性だから、気にすることないだろ。俺は梓とデートしたいだけ。わかった？」

「ちょっと待って。俺は気にするし、別にあなたとデートしたいなんて思ってないし……！」

梓は慌てる。

オーギュストの押しの強さは驚異的だった。このままだとデートに本気で連れだされてしまいそうだ。

「今度の休みの日、教えてくれよ。あ、マダムにスケジュール聞いとくか」

「だから、勝手に決めないでって。俺、あなたとデートなんてしないから！」

「いや、するんだよ」

断言されて、梓は唖然《あぜん》とする。

「なんで、そんな強引な」

「だって、強引じゃないと、梓は俺とデートなんてしてくれないだろ？」

飄々《ひょうひょう》とした表情で、オーギュストは言う。

「あ、ああ言えば、こう言う……」

さすがに梓は、まなじりをつり上げた。

オーギュストは、まったく梓の言うことを聞くつもりはないらしい。

フランス人は、我が強い国民性だとは言われている。しかし、ここまでの人には、あまりお目にかかったことはない。

「俺の意思は無視？」

「そうだな。この場合、そういうことになる」

まったく悪びれもしないで、オーギュストは言い切った。その強引さと図々しさには絶句するしかない。そして、あまりのことに噴き出してしまった。

「……もう、なんでそこまで」

脱力したような梓の問いに、オーギュストはにっこりと笑う。

「モデルの仕事にも、リセの中にもないものを、おまえに見せたいなあって思ったんだ。……もちろん、ガブリエルもいない場所で」

その言葉にはっと胸を突かれたのは、たしかに自分の世界はそれがすべてだということを、梓も気づいていたからかもしれない。

もう、「いや」とは言えなかった。

ACT 4

――なんで俺、こんなところにいるんだろう……。

梓《あずさ》は困惑していた。

リセも、モデルの仕事もない土曜日。朝からアパルトマンに押しかけてきたオーギュストに連れだされ、梓は彼のレストランに来ていた。

ただし、客としてではない。

朝早くからランチの仕込みで忙しくスタッフたちが働いている厨房《ちゅうぼう》に、梓は連れてこられたのだ。

――もしかしなくても、俺、すっごく邪魔だよね？

誰もが、忙しそうに、てきぱきと動きまわっている。そんな中に、ぽつんと佇《たたず》んでいるのは、すごく場違いな気がした。

「俺の用事が済むまで、まあ眺めてなよ」なんて、オーギュストには言われたけれども、自分なんかがここにいてもいいのだろうか。

清潔なコックコートを着た料理人たちは、忙しそうに、でも楽しげな笑顔で、食事の支度をしていた。見ているほうも、楽しくなってくる。

そういえば、梓のアパルトマンのキッチンにいるときのオーギュストも、ここのスタッフたちと似たような表情をしていることが多い。料理をするのが楽しくてたまらないという顔。……でも、一番嬉しそうなのは、梓が彼の料理を食べているのを見つめているときの表情だ。

思いだすだけで、どきどきしてしまう。

——ごはん食べてるところ見られるの、慣れてないから……。だから、きっと、そのせいだ。

頰《ほお》が熱くなってしまったのを感じ、梓は小さく首を横に振る。別に、オーギュストの視線なんて、意識しているつもりはない。

それにしても、料理人という仕事はたいへんだと思う。厨房の様子を眺めながら、梓はそう感じていた。

朝早くからの立ち仕事。体力的にも厳しいんじゃないだろうか。でも、みんな生き生きとしていて、雰囲気がとてもいい。

——オーナーの、オーギュストが気さくな性格だからかな。

強引なところもあるけど、オーギュストは明るくて快活、とても人好きのする人柄だった。

そんな彼の店だから、こんなに楽しくて温かな空気が流れているのかもしれない。

スタッフたちの中にあって、一番活力が溢《あふ》れているように見えるのが、オーギュストだ。

今日はオーギュストもオフの日らしいが、彼はごく自然な様子で厨房のスタッフに交ざっていた。味のチェックをしているらしく、あちらこちらのスタッフの手元を覗《のぞ》いて、時折試食をしつつ話しこんでいる。話をするときは笑顔でも、試食のときだけは真剣だった。

その横顔に、惹きつけられずにいられない。

仕事に打ちこんでいるときのオーギュストは、まるでなにかに取り憑《つ》かれたかのように表情が変わる。

梓だって、モデルの仕事をしているときは真剣だ。ガブリエルだって、周りのスタッフだって、同じこと。だから、真剣に仕事をしている人の横顔を見るのは、初めてじゃない。それなのに、なんでこんなにも胸が高鳴るのだろう。

視線を、逸らせなくなってしまう。

——たしかに、オーギュストは格好いいけど……。なんでだろう。雰囲気が、くるっと変わるから？　もしかして、ギャップが大きいから……？

初対面のときには、お節介で強引な人という印象しかなかった。ほっとさせてくれる、温かな気持ちをもたらしてくれる人だと知った今だって、彼には振りまわされがちだった。

——……ねえ、次は俺をどこに連れていくの？

予測がつかないことばかりをする人だから、梓は彼に腕をとられるまま。すっかり、彼のペースに呑《の》まれていた。

そういえば、こんなふうに誰かと外出するなんて、いったいいつ以来だろう。もう、覚えてもいない。

でも、いやなわけじゃなかった。

慣れない居心地の悪さと、くすぐったいような嬉しさと。ふたつの気持ちが、梓の心の中で入り交じっていた。

「梓」

ぼんやりとオーギュストを眺めていたら、出し抜けに名を呼ばれた。冗談抜きで、飛び上がるほどびっくりした。

「な、なんですか」

見つめているのが、ばれていたのだろうか。どきどき、びくびくしていると、オーギュストは屈託ない笑顔を向けてきた。

「おまえも、やってみる?」

「えっ」

「じゃがいもの水洗いしたり、たまねぎの皮むいたり」

梓は目をまん丸にする。いったい、オーギュストはなにを考えてるのか。

「……いつもしないようなこと、してみようぜ」

楽しい遊びに誘うみたいに、オーギュストは言った。


羽織らされただぼだぼのコックコートは、オーギュストのものらしい。髪が落ちないよう、ちゃんと前髪をピンで留めて、三角巾をして準備万端。梓は生まれて初めて、土だらけのじゃがいもに触れた。

モデルの仕事の関係で、梓の爪は長い。じゃがいもを手渡してくれたスタッフの爪が綺麗《きれい》に切りそろえられているのに気がつき、長い爪でも大丈夫かな、と心配になった。

「爪の間に泥がはさまるかもしれないから、手袋貸してやってくれ。肌が荒れるとまずいしな」

オーギュストの言葉に、スタッフは小さく笑った。

「ずいぶん大事にしてるんですね、オーナー」

「おー、こんな可愛いから、大事にするしかないだろ」

「……っ」

梓は、かあっと頬を赤らめる。

――大事に、って……。

そんな冗談はやめてほしい。どうせいつもの軽口なんだろうけれど、スタッフの誰かに口笛を吹かれてしまった。

梓の仕事を知っているから、オーギュストは手荒れに気を遣ってくれただけだ。なにも、過保護なわけじゃない。そういう配慮が、彼の少年ぽい魅力と裏腹の、大人の思いやりを感じさせてくれるのだけど。

「……実は俺、あんまり家事をしたことないんです。邪魔になったら、ごめんなさい」

梓につきあわされるはめになったスタッフに、おずおずと申してると、彼女は小さく笑った。

「やだー、本当に可愛い」

そう言って微笑《ほほえ》む、彼女の自然な表情のほうがよほど可愛い。梓はぽっと頬を赤らめつつも、両方の手のひらでじゃがいもの重みをたしかめた。

＊　＊　＊

じゃがいも、にんじん、それからたまねぎの泥を綺麗に落としたり、下ごしらえに使った用具を洗ったり。動いているうちに、あっという間に時間が経っていた。

ランチタイムを前に、オーギュストは店を出る。そして、今度は梓を学生街《カルチェ・ラタン》へと連れていこうとした。

ちょうど、あちらこちらのお店がオープンする時間になっていた。古くからの街並みを歩きながら、目的があるのかないのかわからない足取りで、オーギュストは軒先を覗いている。

梓は彼を、斜めうしろから眺めていた。

カルチェ・ラタンなんて、毎日のように通っている場所だ。梓のリセは、この外れにあるのだから。

でも、こんなふうにぼんやりと、一軒一軒ショーウインドウを冷やかしながら歩いたことはない。

梓の世界は、養父のガブリエルでいっぱいになっていて、他のことにはなかなか目が向かないでいた。

こんな梓を構ってくれる、オーギュストは物好きだ。

オーギュストは、梓と一緒にいて楽しいのだろうか。

――なにを考えてるんだろう。

横顔を見上げて、梓は首を傾《かし》げる。彼と一緒にいることが、梓はいやじゃない。楽しいと認めるのは、ちょっと悔しいのだけど。

こうして歩くと、一口でパリといっても、いろんな人が、いろんな形で暮らしているのがわかる。そのひとつひとつが、梓には新しい発見だった。

五年以上パリで暮らしていて、こんなにも自分がなにも見ていなかったことに驚かされる。リセへの行き帰りでよく通る場所に、ユダヤ人街があることも、アラブ文化を理解するためのセンターが近くて、移民たちがたくさん行き交っていることにも気がつかなかった。

「梓のリセって、どのあたり？」

「……ここから近いです。カルチェ・ラタンからは、少し外れてるけど」

「じゃあ、このへん、よく知ってるんだ」

「あんまり……。寄り道とかしないし」

不思議そうに、オーギュストは瞬《まばた》きをした。

「散歩とか、好きじゃないのか？」

「……好きとか嫌いとか、考えたことないです。習慣ないし」

「せっかくパリにいるのに、勿体《もったい》ないな。世界のどこ探したって、こんなに見応えのある街ないぜ？」

オーギュストは、ぽんと梓の肩を叩く。

「おまえにとっては外国だから、こっちの生活に慣れるのでいっぱいいっぱいになるのはわかるけどさ。おまえの場合、リセも仕事もあるわけだし、よけいにたいへんなんだろうけどさ。……でも、まあ、たまにはこうやって、ぐるぐる歩くのも楽しいぜ。パリって、人をそういう気分にさせる街だから」

オーギュストは、この街が本当に好きみたいだ。こういうところは、ガブリエルにちょっと似ている。

「暇なとき、今までなにをしてたんだ？」

「モデルレッスンとか、ストレッチとか、ヨガとか……。あんまり筋肉つけるわけにもいかないから、室内で軽い運動を。ウォーキングもするけど、あれはよそ見するようなものじゃないし」

梓の生活の半分は学校で、残りの半分はモデルとしてのものだった。

ヨガは、ポーズをとって静止する訓練にもなる。ウォーキングの最中は、なるべく腹部を引っこめるようにして歩いていた。どこまで効果があるかわからないけど、やらないよりはマシだろう、と。

突然モデルをはじめることになった梓が、ちゃんとしたモデル訓練を受けたのは、被写体としてデビューしてからのことだ。素人同然のモデルだと言われて、ガブリエルの評価を下げるわけにはいかない。その一心で、梓はモデルの仕事のために努力をしてきた。

「真面目だなあ」

オーギュストは、梓の髪をぐしゃぐしゃと撫《な》でた。

「……すっげー、いいわ。それ」

「……え」

「仕事に一生懸命な人間は、好きだよ」

そう言うと、びっくりするくらい優しく、オーギュストは微笑んだ。

しかし、一転、青い瞳は細められる。彼は、ふと真顔になっていた。

「なんでそんなに仕事熱心なのに、将来もモデルとして食ってくとか、そういう気迫感じないのか不思議」

「……っ」

梓は、思わず言葉を失った。

すっかり見抜かれている。

梓は、仕事熱心だ。しかし、その熱意は、仕事そのものに向けられているわけじゃない。でも、まだ出会って間もないオーギュストに、気づかれるとは思っていなかった。

なんて答えればいいんだろうか。

梓は俯《うつむ》くしかない。

彼の目に、自分はどう映っているのだろうか。

梓が執着しているのは、モデルの仕事じゃない。養父である、ガブリエルだった。彼に必要とされたいから、モデルをしている。やる以上には、ちゃんとやりたい。でも、モデルとしての将来は、ガブリエルの被写体でありつづける以上のことが考えられないでいる。

——だって、あの人にいらないと言われたら、俺の居場所はなくなっちゃう。

モデルの仕事をちゃんとやるのも、どうしたって疎外感のつきまとうリセに通いつづけるのも、無理な減量で体形変化を止めようとしているのも、全部ガブリエルのため。ガブリエルが見初めてくれた、魅力的な被写体でいるために。養父としてのガブリエルが、非難されないために。あるいは、貧乏クジを引くように梓の養父になってしまった、ガブリエルに恩を返すため——。

誰にも、言うつもりはない。

梓が勝手にやっていることで、ガブリエルが責められては困る。

オーギュストに相談を持ちかけるくらい、ガブリエルは梓の偏食を心配してくれているわけで、決して体形変化を避けさせようとしていない。女装モデルでいることを、梓は強制されているわけではなかった。

「まっ、人生長いしな。答えが見つからないなら、一番汎用性の高いバカロレアを受けるって

のも手だと思うけど」

「……」

「大学生活も、楽しいものみたいだぜ」

「あなたは、訓練校だったんですよね」

そう答えながら、さすがに梓は気づいていた。どうして、オーギュストが梓を引っ張りまわしているのか。

──見せようと、してくれてたのか。

梓の知っている世界は小さくて、もっと外に目を向ければ、やりたいことが見つかるかもしれない、と。

たとえば、職業バカロレアを取得したら？　大学進学用のバカロレアを選んだら？　未確定な梓の未来に、ありうる可能性を、オーギュストは見せようとしてくれているらしい。

──なんで、俺なんかのために。

梓が望んで小さな世界に引きこもっていることも、オーギュストは気づいているんだと思う。それでも、広い場所に手を引いていきたがってる。なんて物好きなんだろう。彼みたいな人から見たら、梓のやってることなんて、呆《あき》れかえるようなことだろうに。

「俺はやりたいことがあったから、進路は一択だった。……その道を選ぶことができたから、パトロンには感謝しているんだ」

オーギュストは、さっぱりした笑顔になる。

「しかし、そろそろ腹減ったな」

「そうですね」

「メシ調達しにいこうか」

「レストランに入るんじゃなくて？」

「こんなに天気がいい日に、屋内で食事なんて勿体ないじゃん」

眩《まぶ》しそうに太陽を振り仰ぐオーギュスト。自分にも、自分の仕事にも絶対の自信があって、揺るぎない大人。今の梓には、太陽よりも彼が眩しく輝いて見えた。

＊　＊　＊

どこでランチを買うのだろうと思っていたら、オーギュストは梓をセーヌ川の右岸に連れていった。

オーギュストが目指したのは、有名百貨店の食料品コーナーだ。そこには、彼の名前を冠したショップが出店していた。彼はいくつかの品物を購入すると、梓を公園へと誘った。

まだ、お昼には少し早い。しかし、天気のよい日のパリの公園がたいていそうであるように、あちらこちらのベンチで昼食をとっている人たちの姿を見かける。

「あそこ、空いてるな」

オーギュストが指差したのは、ふたり掛けのベンチだ。青々とした銀杏《いちょう》が、涼しい木陰を作ってくれている。

オーギュストはベンチに腰を下ろすと、傍らをぽんぽんと手のひらで叩いた。ここにおいでと、梓を誘うかのように。

周りのふたり掛けのベンチは、いかにも恋人風の人たちばかりだ。オーギュストは気にする様子はないけれども、梓はためらいがちに、そこへと腰を下ろした。

「はい、おまえの分」

サラダはともかく、ローストビーフの挟まれたサンドウィッチとフォアグラのテリーヌを渡されて、梓は眉間《みけん》に皺《しわ》を寄せた。またずいぶん、ハイカロリーなメニューばかりだ。

オーギュストと一緒に過ごすようになり、観念して食事をするようになったとはいえ、口に入れるのはためらわれる。

「どうかしたか？　絶対に美味《うま》いはずだぞ。俺のレシピなんだし」

そう言いながら、オーギュストは豪快にサンドウィッチを丸かじりにする。フランスパンを

食べやすく潰すようにしながら口の中に放りこみ、慣れた手つきだった。

「……ん、まあまあかな。でも、もうちょっと塩を抑えてもいいか……」

呟《つぶや》きながら、オーギュストはスマートフォンを取りだした。そして、なにやらメモをしはじめる。

梓は、目を丸くした。

「なにをしてるんですか?」

「ん？　味のチェック」

オーギュストは、視線を上げないまま答えた。

「俺の名前で出してるもんで、いい加減なことされても困るからさ。たまに、抜き打ちで試食してるんだ。今日はまあ、合格か」

驚いた。

オーギュストは、本当に仕事熱心だ。彼ほどの立場になると、店を人に任せてしまうことも珍しくない。ライセンス商品なら、なおのことだ。

梓はレストラン業界事情には詳しくないけれども、洋服のブランドのライセンス商品などでも、案外お任せになっていることは知っている。

「まあ、チェックのためにだけ、食ってるわけじゃないけど。やっぱり、自分のメシが、俺にとっては一番美味いしなー」

「……オーギュストは、すごく忙しいんじゃないですか？」

梓は、おずおずと尋ねた。あらためて、彼の仕事が多岐に亘っていることを、目にしたせいもある。

「ガブリエルに頼まれたかもしれないですけど、無理に俺につきあってもらわなくてもいいんですよ。……その、もう、ちゃんと食事するから……」

サラダをつつきつつ、梓は言う。どうやら、ライスサラダみたいだ。日本を離れてしばらく経つけれども、お米も野菜という、こちらの感覚にはどうしても慣れない。それに、やっぱりカロリーが気になった。

でも、美味《おい》しい。

今まで食べたライスサラダで、美味しいと思ったことはあまりない。でも、これは、味がしっくり馴染んでいる。

「メシの差し入れはガブリエルに頼まれたからだけど、構ってるのはそのせいだけじゃないぜ」

「えっ」

「俺が、おまえのこと、気になってるから」

特に気負うふうでもなく、あっさりとオーギュストは言う。

「どうして、そんな」

「俺も悩める若者だった頃、手を差し伸べてくれた人がいた。あれが、すっごく嬉しかったんだ。だからさ、俺もそういう人間になりたい。そりゃ、全世界の人にそうすることは無理だけど、近くにいるヤツが悩んでいたら、手助けくらいしてやりたいじゃん」

「……」

梓は、大きく目を見開く。

――この人は……。

眩しく見えるのは、彼の容姿が優れているからじゃなく、内面から輝いている人だからだ。

自分が受けてきた親切を、忘れない。そして、相手にただお礼するだけじゃなく、それを他人にも行おうとする。それがいいことだとわかっていても、なかなかできることじゃないだろうに。

梓みたいに、自分のことで手一杯で、余裕のない人間とは大違いだ。

「……ガブリエルに言いにくいことがあったら、俺に言えばいいよ」

「でも」

「キスまでした仲じゃん」

「……っ」

梓は、かあっと頬を赤らめた。

初対面のときのことを、忘れたわけじゃない。でも、こういうときに、その話題を持ってくるのは反則だ。

「あ、あれは……。事故です。事故」

「えっ、あれじゃ物足りない？　もっと本気のキスしちゃう？」

「……しません！」

ひょいっと気さくに顔を近づけられ、からかうみたいに瞳を覗きこまれる。

梓は、首を大きく横に振った。なんで、こんな話になっているんだろう。

「ご、ごはん食べるんじゃないですか？」

この場を逃れるためとはいえ、梓自身からそんなことを言ってしまい、負けたような気持ちになる。

オーギュストは、にやりと笑う。

「よーし、じゃあ、ちゃんと食べろよ」

「う……っ」

梓はサンドウィッチを握りしめたまま、言葉に詰まる。

サラダだけでお茶を濁して、サンドウィッチを夜にとっておこうとしたけれども、どうやら許してもらえないようだ。

――またハメられた……？

言質《げんち》をとられてしまった。本当に、いいように振りまわされている。

伏せ目がちになったのは、怒っているから。今度は、オーギュストがきらきらして見えるからじゃない。

根負けしたように、梓はサンドウィッチを口に運んだ。

ACT 5

外で食べるランチは、美味しかった。

残念ながら、それをそのまま口にできるほど、梓は素直になれない。照れくさいようなくすぐったい気分で、「ごちそうさまでした」と呟くのが精一杯だったけれど、オーギュストは笑ってくれた。

全部わかってるんだよと言われてるみたいで、ちょっと悔しい。

「じゃ、腹ごなしに歩くか」

オーギュストは梓の手を引っ張るように、立ち上がる。

「手、放してください」

さすがにこの年になって、男同士で手をつなぐのはどうかと思う。でも、手を振り払うのはためらわれて、梓は小声でお願いした。

「なんで？」

振り返ったたったオーギュストは、まるで理解できないという顔をしている。

「なんで、って……」

それを言うなら、梓のほうが「なんで?」って聞きたい。なんで手をつないだのか、と。

オーギュストは、にやりと笑う。

「じゃ、行こうか」

手を振り払えない時点で、梓の負けだ。目的があるのかないのかわからない、気ままな街歩きが再開された。


影が差してきた。そう気づいて、ふと梓が視線を上げると、灰色の雲が頭上を覆いつつあった。さっきまで、あんなに晴れていたというのに。

「天気、悪くなってきましたね」

「ああ、本当だ。気づかなかったな」

オーギュストは、小さく肩を竦《すく》める。

「梓の顔ばっか見てたし」

「……そういう冗談、面白くないです」

ぷいっと、梓はそっぽを向く。

軽口が好きな人だとは知っている。でも、どきどきさせるようなことばかり、あまり言わないでほしかった。梓は、この手の言葉に耐性がないのだから。

「……あ」

頬に冷たいものを感じ、梓ははっとする。

どうやら、雨が降ってきてしまったみたいだ。

街は、すでに見慣れた景色になっている。六区に戻って来ているようだ。ここから走れば、アパルトマンはすぐ近くだ。

「うちに戻りますか？」

「そうしようか。散歩の続きは、また今度な」

「……また？」

「そう、また」

オーギュストは、にやっと笑う。

「休みごとに、俺とデートしよ」

「……だから、そういう冗談はやめてって、言ってるのに……」

小声で呟くと、よけいに気恥ずかしくなった。そして、言葉にできないもやもやを抱えたまま、梓は駆けだそうとする。

しかし、その手をオーギュストにつかまれてしまった。

「一緒に走ろうか」

まるで、子どもみたいだ。梓としっかり手をつないだまま、オーギュストは走りだした。

＊　＊　＊

アパルトマンに辿《たど》りつく頃には、雨は結構な大降りになっていた。おかげで、梓もオーギュストもずぶ濡《ぬ》れだ。

「シャワー、よかったら先に使ってください」

「ばーか、こういうのは梓が先だ」

そう言うと、オーギュストはこつんと梓の頭にこぶしを当てた。

彼の金髪が、雨に濡れてくすんで見える。梓は、小さく首を横に振った。

「いいえ。お客さんだし、オーギュストが」

「じゃあ、一緒に入ろうぜ」

そう言って、オーギュストは笑った。からかわれてるだけだとわかっているのに、どうしても頬が赤くなってしまう。

「……先に入ります！」

オーギュストにタオルを渡すだけ渡して、梓はバスルームへ立てこもる。オーギュストは世慣れた大人で、あんなふうにからかうのも、ちょっとしたジョークのうちなんだろう。でも、梓の心臓は激しく脈を打ったまま、すぐには治まりそうにもなかった。

シャワーを早々に切り上げ、梓はオーギュストと交代する。

でも、すれ違うときに、なんとなく彼の顔を見られなかった。ほんの少し肩先が触れただけで、心音がはねる。また手を握られるんじゃないかって思ったのは、意識しすぎたゆえか。

それとも、期待だったのか。

――俺は、なにを考えてるんだろう。

へんなことを言われて、気持ちを持っていかれている。オーギュストに振りまわされっぱなしなのが悔しくて、梓は頬を膨らませる。

頭を冷やすように部屋を出て、梓は郵便受けを確認しに行く。今日は、いくつかの手紙が届いていた。

その中のひとつはエアメールで、梓はぱっと表情を輝かせた。

差出人は、ガブリエルだ。消印はこすれているけれども、どうやらアルジェリアから投函されたものらしい。

手紙は、写真を葉書にしたものだった。写っているのは、小麦色に日焼けした、輝く肌を持つ女性。生き生きとした、鳶色《とびいろ》の瞳が印象的だった。

これは誰だろう。

たぶん、モデルではない。モデル特有の、作りこまれた美しさやポーズで魅せているのではなく、もっと健康的で、自然の力強さを感じた。

胸騒ぎがする。

ガブリエルはその写真に、短い言葉を添えていた。

『僕の新しいミューズ、ラジャ』

さっと、血の気が引く。足下が、大きくたわんだような気がした。

――ミューズ……。

息を吞む。喉《のど》がからからに渇いていることを自覚して、梓の肩には力が入ってしまった。

アルジェリア人には美人が多いと言われている。現地で出会ったその女性に、ガブリエルは惚《ほ》れこんでしまったらしい。

梓の実母、梨里子《りりこ》がガブリエルに見初められたときと、同じだ。たまたま撮影で日本に来ていたときに、梨里子とガブリエルは恋に落ちたのだ。

——次は、このアルジェリア人の女性？

そういえば、梨里子がガブリエルを捨て、駆け落ちした相手もアルジェリア人のポーターだった。

——また……？

ふと、気が遠くなる。

また、置いていかれてしまうのだろうか。

梨里子に去られたあと、ガブリエルに恋人の影はなかった。梓より大事な存在はいないのだと、ずっと言ってくれていた。

でも、ガブリエルは新しいミューズを見いだしてしまった。

それがどんな意味を持つのか。梓には、痛いほどわかっていた。

梓よりも夢中になる相手が、ガブリエルにはできてしまったのだ。彼がどれほど一途で、ひとつのことに夢中になると他が目に入らなくなる人か、梓が誰よりもよく知っている。

——どうしよう。

呆然《ぼうぜん》とした梓の手から、静かに写真が落ちる。

いつかこんな日が来るかもしれない。そう、梓も覚悟はしていた。だって、梓は所詮、梨里子の身代わりだ。ガブリエルの本物のミューズじゃない。

ガブリエルは、カメラのファインダーを通して世界を愛でる。梓が彼の目に留まったのも、かつてのミューズだった梨里子を失ったゆえに。梓は、ただの代役でしかなかった。

だからこそ、梓は身を削るような思いをしてまで、彼に見いだされたときと姿が変わらないように努力してきた。だって、変わってしまったら、身代わりでもいられなくなる。

……さもないと、「いらない」と言われそうだったから。

実母に捨てられ、異国でひとりぼっちになった梓に手を差し伸べてくれたのは、ガブリエルだった。再婚相手の連れ子なんて、放っておいてもよかったのに。

彼のおかげで、今の梓がいる。

彼だけが梓に、ここにいてもいいんだよと言ってくれた。

だから、彼は梓にとって、特別な存在なのだ。

でも、ガブリエルは、新しく夢中になれる相手を見つけてしまった。

言葉もない。

写真を拾うことも忘れ、梓は呆然と立ち竦んだ。

「おー、風呂ありがとな」

のんびりとした、声が聞こえてくる。しかし梓は、肩にぽんと手を置かれるまで、ろくに反応もできなかった。

「……どうかしたのか？」

瞳の奥を探るように顔を覗きこまれ、梓ははっとした。じっと、視線が梓に注がれている。

「オーギュスト……」

梓は、喘《あえ》ぐように彼の名を呼んでしまった。でも、すぐ我に返る。彼に、いったいなにを言おうというのだろう。

「……ごめんなさい。なんでもない、です」

俯《うつむ》いた梓は、ぽつりと呟いた。

「なんでもないって顔してないじゃないか」

ふっと、オーギュストは息をつく。

「本当に、なにも――」

「ん？　なんか落ちてるぞ。写真？」

見られたくなかったものに、オーギュストは易々と気がついてしまった。彼は、ガブリエルの写真を拾い上げる。

「へぇ……。すごい美人だな。ガブリエルも、隅におけない」

オーギュストは、小さく肩を竦める。

「典型的なアルジェリア美人じゃないか。あいつも、ようやく梨里子さんを吹っ切ったのかな」

その言葉に、梓は胸を抉《えぐ》られたような気持ちになる。

吹っ切ったということは、つまりガブリエルは梨里子を、彼のミューズだったリリーを忘れたということになる。そしてやはり、リリーの代役でしかないプチ・リリーも、もういらないということになるのだろうか？

耐えられなかった。

言葉にならない衝動が、梓を貫く。ガブリエルの写真から、少しでも遠ざかりたかった。事実を拒否するように。

梓は思わず、アパルトマンを飛び出してしまった。

「おい、梓！　どうしたんだよ……！」

驚いたオーギュストが声をかけてくるけれども、梓は聞こえないふりをした。

ここにはいられない。そんな恐怖感だけが、今の梓を突き動かしていた。

＊　＊　＊

冷たい雨が、降り続いていた。

傘も持たずに飛びだしてしまった。せっかくシャワーを浴びたのに、いったいなにをしているんだろう。すっと頭が冷えたけれども、もう部屋に戻る気にもなれない。

行くあてはないけれども、どこにも行けない。このまま雨に流されて、融けてしまえば楽なのに。そんな馬鹿げたことを考えた梓の、冷え切った体は、温かな腕に捕まえられてしまった。

「こら、待て！」

「……お、オーギュスト……っ」

驚いた。まさか、オーギュストが追いかけてきてくれるなんて、梓は考えもしていなかったのだ。

せっかくお風呂に入ったのに、彼もまたずぶ濡れになっている。美しい金髪が、くすんだ濃い色になっていた。

「どうして……」

「そりゃこっちの台詞《せりふ》だ。いきなり、どうしたんだ？」

「……」

梓は黙りこむ。

胸の中を渦巻くどろどろした感情は、決して人に見せていいものじゃない。だから、呑みこむようにくちびるを噛《か》むしかなかった。

オーギュストは、ため息をつく。

「まあいい。部屋に戻るぞ。まったく、もう一度シャワー浴び直しだな」

「……やだ」

「はぁ？」

「あの部屋、戻りたくない……」

梓は、呻《うめ》くように呟いてしまっていた。

降りしきる雨の音は、情けない涙声を隠してはくれないだろうか。

「もう、俺の部屋じゃないし」

子どもが駄々をこねているみたいだ。我ながら情けなくて、俯くと目の奥がつんと熱くなってしまった。

オーギュストは、小さく息をつく。

「……なあ、もしかして」

彼はそっと、梓に耳打ちしてきた。

「ガブリエルに、惚れてんの？」

「え……っ」

驚いた隙《すき》を突かれ、その広い胸に抱きしめられる。ぎゅっと力を籠められた腕に、さらに横抱きにされて、梓は慌てた。

「ちょっと待って、放して！」

「部屋に戻ったらな」

通行人も、アパルトマンの住人のことも、ものともしない。オーギュストは梓を抱き上げたまま、大股で歩きはじめた。


「放して。放してってば……！」

アパルトマンのドアが閉まるのを見計らい、梓はばたばたと暴れはじめる。

心配かけるような真似をしでかした自分が悪いのだと、その腕の中で反省はしたものの、気恥ずかしさはどうしようもなかった。

「だーめ」

オーギュストは、あっさり却下した。

「雨の中に飛びだした罰として、俺と一緒に風呂に入れ」

「……やだ……です……」

「……あのさ」

問答無用で梓はバスルームへ連れこまれた。バスタブに、オーギュストは梓を突っこむ。シャツのボタンを外しながら、彼はそんな梓の上に覆い被さってきた。

「ためこんで、一気に爆発するのはよくないぜ。なんかあるなら、こまめに吐きだせ。さもないと、またぶっ倒れるぜ」

見透かすような青い瞳に、体が震えた。

梓は、そっと視線を外す。

ぎごちない沈黙は、勢いよく蛇口をひねられたシャワーの水音で流された。

「……っ、うわ、熱い！」

「冷え切ってんだろ。あったまるのにちょうどいい」

そういうオーギュストこそ、冷えているに違いない。でも彼は、ひたすら梓の心配だけしてくれていた。

「……ごめんなさい」

梓は、ぽつりと呟いた。

オーギュストの冷たい体に触れて、梓も冷静になった。彼がこんな目にあったのは、梓が後先考えないで、雨の降る外に飛びだしたからだ。

「先に、温まってください」

大事な体だ。風邪なんて引かせたくない。梓は俯き加減で、オーギュストにシャワーを勧めた。

「先もなにも、一緒にシャワー浴びればいいじゃんて、言ってるだろ」

気軽な調子で、オーギュストは服を脱ぎだす。梓は慌てて、俯いた。いくらなんでも、自由すぎる。

「なんだよ、照れてるの？」

いつもみたいな調子でからかってきたくせに、オーギュストの声はなぜか一段と低くなり、思いがけないことを囁《ささや》きかけてきた。

「……それとも、惚れた男の前じゃないと、脱ぐのいや？」

「え……」

梓は呆然と、オーギュストを見上げた。

いったい、オーギュストはなにを言っているんだろう。

――惚れた男？

そんな人、梓にはいないのに。

「ほーんと、放っておけなくなる顔をするよな」

温かいお湯が、梓を濡らす。

もちろん、オーギュストのたくましい上半身も。

男らしく整った顔が近づいてくるのを、梓は惚《ほう》けたように眺めていた。くちびるに、流れるお湯よりももっと熱いものが、押し当てられるまで。

「……！」

梓は慌ててくちびるを手のひらで覆う。

キスされた。

オーギュストのしなやかな指は、梓の顎《あご》をしっかりと捕らえていた。そして、繰りかえし梓とくちびるを重ねようとする。

「俺が、慰めてやろうか」

「えっ、あの」

オーギュストは、目を細める。

そんな表情をする彼の姿を、梓は知らない。明るい笑顔で、梓を見守っていてくれた人とは、まるで別人みたいな表情になっている。

ぞくっとした。

胸を射貫くような視線は、ただ強いだけじゃない。ぎらつくような、激しい感情を宿している。

「ひとりで泣かなくたっていい。……俺がいる。そのことを、教えてやるよ」

「ちょ、待ってってば。なにを言ってるんですか！」

「口説いてるんだよ」

にやりと、オーギュストは笑った。

「く、口説く……！」

「傷心のおまえにつけ込んで、口説き落として、俺のものにしようとしてんの。わかる？」

悪い笑顔だった。

「オーギュスト……」

梓は呆然とする。

いったい、オーギュストはどうしてしまったんだろう。まるで、今までと別人だ。梓を包みこむのではなく、求める眼差しをしていることに、ようやく梓は気がついた。

「なんで、待って、どうして」

「あのさあ、いくら知人の息子だからって、本人になんの関心もなかったら、お節介なんてできないって」

梓のシャツのボタンを器用に外しながら、オーギュストは言う。

「おまえにもう一度会いたかったから、ガブリエルの頼みを聞いたんだ」

梓は、小さく首を横に振る。

オーギュストの言葉を否定しているわけじゃない。ただ、あまりにも思いがけない言葉を、上手く呑みこめないでいる。

「流されちまえよ」

梓の肩に手を置いて、オーギュストは囁く。かすれたような低いトーンが、やたら色っぽかった。

「いい子にしてろ。……可愛がってやるからさ」

「あの、俺……っ」

「全部、忘れさせてやる」

「……忘れるって……」

「ガブリエルに、新しい女ができたこと」

「……っ」

オーギュストの言葉は、まるで刃のようだった。梓の胸の奥深い場所を、ざっくりと切り裂く。そこから噴き出る赤い血のせいで、気が遠くなりそうだった。

「安心しろよ。おまえには、俺がいる」

梓の髪や頰に口づけ、オーギュストは微笑む。子どもをあやすようでいて、どこか違う。滴《したた》るような欲に、ぞくぞくさせられる。

「寂しさなんて、すぐに忘れさせてやるよ」

「あ……」

とくりと、梓の胸が高鳴る。

オーギュストには、お見通しらしい。梓が人一倍、寂しさに弱いことを。

そして、ガブリエルの新しいミューズの出現に、どれほど打ちのめされたかということも。

オーギュストの熱が、伝わってくる。肌がひりつくようだが、今はその激情が心地よい。冷え切っていた心も体も、温めてくれる。

――どうしよう。

いくら梓が奥手だろうと、オーギュストの欲望の意味も、なにを求めてきているかということも、理解している。

彼に好意は抱いていた。でも、欲望を交えた関係だなんて、想像もしていなかった。

しかし、彼の腕を拒めない。

寂しい、ひとりぼっちの心許なさを埋めてくれるという言葉は、あまりにも魅力的すぎた。

「震えてる？」

蠱惑的《こわくてき》な声で、オーギュストは尋ねてくる。

「なにも、怖いことはない。……大事にするよ。約束だ」

キスされる。そう思った。でも、振り払うことができなかった。

寂しい気持ちを慰めるように与えられたぬくもりは、突き放すには魅力的すぎた。そして梓は、それを拒むには弱すぎた。

……そして梓は、二度めのキスを許してしまった。

触れあうだけの口づけ。でも確実に、ふたりの関係を変えてしまうキスだった。

＊　＊　＊

「……っ、ふ……」

長いキスの間に、濡れたシャツは奪われていた。窮屈そうに身を屈《かが》めたままだったのに、オーギュストは器用に梓の肌を露《あら》わにしてしまっていた。

体をくっつけあうように、スプーンみたいに重なって、バスタブに収まる。バスタブは広めだけれども、男ふたり一緒に入って、余裕があるほどじゃない。でも今は、肌から伝わるぬくもりが、心地よかった。

背後からしっかりと梓を抱きしめたオーギュストは、首筋から背中のラインにかけて、ゆっくりくちびるを落としていく。くすぐるような優しい愛撫《あいぶ》。文字どおり、可愛がられている。

慈しむような手つきにも、優しく肌を辿るぬくもりにも、梓は弱い。世慣れた大人は、それをすべて理解しているかのように振る舞った。

こんなことをするなんて、ちょっと前の自分だったら考えられない。

きっと、相手がオーギュストだからだ。彼はいつだって梓を魅了し、振りまわす。梓の中の弱さを容赦せず暴くくせに、こんなふうに上手に抱きしめるなんて、狡い。

本当に寂しさを埋めてくれるんじゃないかと、期待してしまう。

「いい子だ、梓。……もっと力抜いて、全部、俺に預けろよ」

彼の誘いは、麻薬のようだ。いや、媚薬《びやく》かもしれない。梓の心の中に、すっとオーギュストの言葉が染みこんでくる。

命じられるまま、体の力を抜く。彼に背を預けると、籠もったような笑みが耳たぶをくすぐった。

「あ……っ」

ひときわ強く耳たぶの下を吸われたかと思うと、今度は耳たぶそのものを食《は》まれてしまう。くちびるの動き、当てられた犬歯の鋭さに、ぞくぞくした。

「……ん、だめ……」

「なに、ここ弱い?」

「ひゃあっ」

からかうみたいに甘噛みされて、思わず上擦った声が漏れてしまった。バスルームに響いて、よけいに気恥ずかしくなる。

「や、め……っ」

「素直になれよ。気持ちいいって、さ……」

「……っ」

オーギュストの大きな手のひらが、梓の体を滑る。下肢の狭間、熱を帯びはじめた場所へまで。

そこに触れられたら、後戻りできなくなってしまいそうだ。梓は必死に身を捩《よじ》るが、オーギュストにあっさりと捕まえられてしまった。

ずっと長いこと意識したこともなかった欲望の証に、しなやかな大人の男の指が絡みつく。

そっとまさぐられるだけで、疼《うず》いてしまう。熱が生じる瞬間の疼きに、梓は小さく喉を鳴らした。

「……あっ」

初めて他人の指で扱《しご》かれて、梓の体は大きく反応をした。びくんと震えたかと思うと、引きつるように、欲望そのものが上を向きだす。ゆるゆると動く指に、自分のそれの形の変化や硬さを自覚させられて、かっと梓は頬を染めた。

「やだ、そこはずか……し…」

もがくとお湯が跳ね、バスタブから溢れだす。たかが湯の音なのに、なんだか生々しく感じられた。

「……触らない、で……」

声には、涙が滲《にじ》んでいる。

だって、とても恥ずかしい。それに、途方もなくいけないことをしているような心地になった。罪悪感と羞恥《しゅうち》で、頭がいっぱいになっていく。

それなのに、気持ちいい。

こんな梓の気持ちを、オーギュストはお見通しらしい。敏感な耳たぶにくちびるを寄せ、彼は囁いた。

「こういうときは、『もっと触って』って言うんだよ」

「……あ……ぁっ」

顔を覗きこむように、口づけられる。顔を逃すことはできたはずだったのに、結局梓は彼に逆らえない。

肉厚のくちびるが、まず触れあう。吸い上げられるようなキスは一瞬だった。くちびるを擦りあわせて、互いの存在をわかちあうように愛撫される。やがて綻《ほころ》んだくちびるからは、舌が入りこんできた。

「あ、ふ……っ」

口内に受け入れたオーギュストの舌は、情熱的だった。内側から、梓のすべてをたしかめるかのように愛撫してくれた。

ぬくもりに、絡めとられていく。

お湯に融けて、快楽に融けて、そのままどろどろになっていってしまいそうだ。そしてたぶん、心のどこかで、梓もそれを望んでいた。

そうすれば、寂しさを忘れられる。本能みたいに、そのことを知っていた。

抱きしめてくれる腕は、なんて魅惑的なんだろう。

梓がずっと欲しがっていたものを、与えてくれるような気すらした。

心も体も冷え切ったそのときに差しだされたものを、拒めるほど梓は強くなかった。自分の弱さに目を閉じて、梓はオーギュストの与えてくれるぬくもりと快楽に、自分自身を委ねてしまった。

ACT 6

オーギュストの手に導かれるまま熱を放ったとたん、梓の意識は遠のいた。彼の胸に全身を預けた梓をオーギュストは優しく抱き寄せて、「ベッドに行こうか?」と囁いた。

夢うつつのまま、オーギュストを見上げると、甘やかに口づけられる。あやすような優しいキスに目を閉じれば、梓はそのまま抱え上げられた。

濡れた体は、もこもこのバスタオルで包みこまれた。何度もキスしながら、そっと肌を押さえるように水気をとってくれたオーギュストは、やがて梓をタオルに包んだまま、横抱きにした。

彼が向かったのは、梓の寝室だ。

目が合うたびに、口づけが繰りかえされる。そのたびに、ほんのり体が熱を帯び、湯冷めなんて感じない。オーギュストに触れられるたびに、体が上気していくかのようだった。

横抱きのまま、ベッドへと梓は運ばれる。抱かれている間は体がふわふわとして、宙に浮いたような気分でいた。でも、体がベッドに沈んだ瞬間、その柔らかな衝撃に、はっとする。梓はオーギュストへと視線を投げかけた。

熱っぽくなっているせいか、瞳に映るオーギュストの姿は二重写しに見えるようだった。梓の瞳は、うるうると濡れている気がした。

「可愛い表情になってるな」

鼻の頭に口づけてきたオーギュストは、いたずらっぽく微笑んだ。

「甘えん坊の顔だ」

嬉しそうに、オーギュストは言う。そして彼は、くちびるを寄せてきた。

「……ん……っ」

くちびるを軽く吸われて、梓は小さく息を漏らした。理性を痺れさせる口づけの罠に、梓ははまっていってしまう。

キスで甘やかされるのが、こんなに気持ちいいなんて知らなかった。

今までガブリエルがくれた、挨拶のキスとは全然違う。幸せな気持ちになるのは同じだけど、こんなふうに熱くなっていく体は、梓にとっては未知のものでしかなかった。

どくんどくんと、心臓から送りだされる血の音が、やけに大きく聞こえてきた。まるで耳元に、それがあるみたいに。

緊張しているせいだろうか。自分のベッドなのに、肌に触れるシーツの感触は、知らないもののように感じられた。

「……キスのあとは、可愛いだけじゃなくて、色っぽい顔になるんだな」

ふと、オーギュストは微笑んだ。

その眼差しに滲むのは、欲望だった。彼がこんな目を自分に向けてくるなんてこと、梓は想像したこともなかった。

「もっと色っぽい顔をさせたくなる」

お風呂の中みたいにと囁かれて、梓はかあっと頬を紅潮させた。

オーギュストの指先に導かれるまま、梓は熱を放ってしまった。その記憶が蘇《よみがえ》ったかのように、腰から下に疼きを感じた。

瞳の奥を視線でまさぐられながらのキスは、とても気恥ずかしい。ちりちりと、肌が焦げるような感覚に惑いつつ、梓はオーギュストのそれを受け入れていた。

「……んっ、ふ……」

吸い上げられたくちびるを、軽く噛まれる。じんと痺《しび》れるそこにも、淡く熱が灯《とも》った。

「……オーギュスト……」

囁くように、梓は彼の名を呼ぶ。

応えるように、彼は大きな手のひらで頬を撫でてくれた。

「ごめんな」

彼は梓に額を押しつけてくると、そっと目を閉じた。

「子どもだ子どもだと思ってたのに。今までは、可愛いだけの存在でいてくれたらいいって思ってたのにさ……。あんな顔を見せられたら、我慢できなくなった」

「え……」

「……切ない顔」

囁いたオーギュストは、またキスしてくる。

「子どもならしないような、顔をしていた」

頬を撫でられながらの口づけは、よけいに甘やかされているような心地になる。伝わってくる体温は、まるで梓と融けあうかのようだ。ずっと前から、こうしていたかのように。

「おまえが欲しくて、どうしようもなくなった」

まっすぐに見つめられると、彼の視線が梓の心に食いこんでくるのではないかと錯覚してしまう。ただ甘いばかりじゃない。熱っぽくて、ぎらぎらと輝く眼差し。

その熱の正体を、梓はまだ知らない。

でも、欲しがられているのは嬉しかった。

ここにいる、理由をもらえる気がして。

梓の髪や頬を優しく愛撫しながら、オーギュストはひたすらキスを繰りかえす。くちびるが痺れてしまうような、溢れるほどの口づけは、梓の熱をどんどん高めていった。

やがて、オーギュストの指先は、梓のすべてを慈しむように体のラインを辿りはじめた。タオルがはらりと解けて、彼の手のひらが直に肌をなぞる。あまりにもそれが心地よく、梓はうっとりと目を閉じる。でも、オーギュストの手があらぬところに滑っていくので、すぐにぱっちりと目を開けてしまった。

彼の指が触れたのは、梓の平らな胸にある尖《とが》りだった。うっすら色づいているそこは、指で軽く突かれただけで、ふにっと形を変えてしまう。それを、オーギュストは指の腹で円を描くようにしながら、弄《もてあそ》びはじめたのだった。

「あ……っ」

梓は、思わず息を呑む。

くすぐったい。最初の、素直な感想はそれだった。でも、オーギュストの指がくるくる動くのに合わせて、じわじわとむず痒《がゆ》さを感じはじめてしまった。やわやわとした感触が、梓をとまどわせる。

「えっ、ん……っ」

軽く爪を立てられ、そこが硬くなっていることに気がついて、梓は眉を寄せた。柔らかいはずの場所なのに、今は張り詰めてしまっている。オーギュストの指先で、そこを変えられてしまったのだ。

下肢の感じやすい場所の形が変わることは知っていたけれども、胸までこんなふうになるなんて知らなかった。梓は男で、女じゃない。そこが反応してしまうことが、とても恥ずかしくてたまらなかった。

「気持ちいい？」

「……っ」

「梓は感じやすいな」

「……ち、違う……」

胸が反応していることが、気恥ずかしくなる。肉色の欲望溢れる場所とは違って、男の梓にとっては無意味なはずの場所なのに。疼くような快楽にはうしろめたささえ感じて、梓は思わず目を伏せてしまった。

「そう？」

含み笑いのオーギュストは、片目をつぶってみせる。梓を追い詰めるというよりも、愛情の籠もった、いたずらっぽい表情だった。

「……じゃあ、俺が感じやすくしてやるよ」

「……や、め……っ！」

上擦った声を漏らしてしまう。その直後、梓は驚きのあまり目を見開いた。

オーギュストは梓の胸の尖りにキスしたかと思うと、それを口に含んだのだ。

温かく濡れた感触に包まれたそこは、きゅんと芯に向かって縮こまるように力が入り、梓を身震いさせた。

「……そこ、なんで……っ」

胸を庇《かば》いたいのに、オーギュストがそれをさせてくれない。彼の意地悪さに、思わず梓は涙ぐむ。

「なんで、って？」

少しだけ、オーギュストがくちびるを浮かす。胸の突起の先端に、触れるか触れないかという距離で。

「そりゃ、梓を気持ちよくさせてあげたいからだよ」

にやりと笑って、オーギュストは付け加える。

「今は気持ちよくないっていうのなら、ますます可愛がってあげなくちゃいけないしな。絶対に、ここが好きになるから」

「……俺、男なのに……」

「男でも、ここで気持ちよくなれるんだぜ？」

その言葉が本当かどうかなんて、梓にわかるはずもない。オーギュストとの経験が初めてだから、騙《だま》されていたって気づけないだろう。

オーギュストは、梓の胸を撫でまわす手を止めてくれない。淡い疼きはそこで渦巻き、そして募って発熱する。

熱が体を巡り、梓を落ち着かなくさせた。

「や、そこばっか……っ」

呻くように呟くと、オーギュストが心臓の上にキスしてくる。

「ああ、足りなくなってきた？　こっちも欲しいよな。梓は男の子だし」

「ひゃあ……っ」

お風呂場でさんざん可愛がられてしまった部分に、オーギュストの指先が絡む。そこは一度熱を放ったはずなのに、また硬くなっている。上を向いた部分は地肌が覗いていて、やわやわと揉まれるだけで息が詰まりそうになった。

「……んっ、や……」

「こっちも、すっかりよくなってるな。熱くて、とっろとろになりかけてる」

欲望の先端から滲みだしはじめたものを知らしめるように、オーギュストの指先が動いた。溢れたものを塗りこめる仕草が、さらに梓を追い詰めていく。

しとどに濡れたそこは、梓のはしたなさの証のようだ。それに触れられるのは本当に恥ずかしく、梓は消え入りたいような心地になった。

「……め、だめ、そんなに触っちゃったら、や……っ」

たかぶったものを手のひらで包みこみ、あやしながら、オーギュストはまた梓の胸元にしゃぶりついた。そこはすっかりオーギュストのくちびるや舌の感触に慣れきってしまい、餌食になることを喜んでいるかのようだった。

「……ふっ、あ……ん……」

自分の意思も体も、ままならない。こんなふうに反応してしまうのが、恥ずかしくて恥ずかしくてたまらなかった。

梓はどんどん、快楽で追い詰められていく。

「……は……っ、あ……んっ、も……だめ、や……ぁ……っ」

高まった欲望がはけ口を求め、体の中で暴れていた。熱に浮かされるようにオーギュストを上目使いで見つめ、梓は視線だけで縋《すが》りつく。今、梓の体は彼のもので、梓自身の思うようにはなってくれないのだ。

「ん、もう気持ちよすぎて無理?」

「む、り……っ」

「わかった。いいよ、気持ちよさ、極めちゃって」

「ん……っ」

気持ちよくないなんて、意地を張ることができなかった。シーツの波間でもがきながら喘ぐと、ひときわ力強く、欲望そのものの場所を扱き上げられた。

「……んっ、は、あ……っ、ああんっ!」

大きく声を上げ、梓は背をしならせる。

体が張り詰めたかと思うと、一気に弛緩した。オーギュストの手のひらへ、梓はまた欲望を吐きだしてしまっていた。

「いっぱい出たな」

「……っ」

くちゅりと濡れた音がして、梓は頬を赤らめる。オーギュストはいやらしく指を動かして、梓の快楽の残滓《ざんし》を確認していた。

「でも、もっと気持ちよくなれる方法があるんだぜ?」

「……あ……」

力が抜けてしまった体を、オーギュストは容易《たやす》く扱う。彼は梓の足を大きく開かせると、深いところに白濁まみれの指を差し入れてきた。

「や、だ……っ、どこ触って……っ」

ふわふわと、絶頂の余韻を漂っていたのに、梓は一気に我に返った。声を上擦らせ、オーギュストを止めようとする。

彼が触れていたのは、とても人に触らせていいような場所ではなかった。

「どこって、梓が気持ちよくなれる場所だよ」

ふと、オーギュストは微笑んだ。

「き、気持ちよくなんてならないよ……」

「なれるよ?」

自信たっぷりに、オーギュストは断言する。

「俺が、それを教えてやる。……いいこと、全部」

「あ……っ」

力が抜けていた体の隙をつくかのように、オーギュストは梓の中に指を差し入れようとする。

その狭い入り口は、もちろん彼の指先を拒んだ。そんなところ、他人に触られていい場所じゃない。いやいやする梓を宥《なだ》めるように、オーギュストは繰りかえしキスをした。

そんな、キスなんかで誤魔化されてやらない。そう思っているのに、ぽっと体が熱を孕《はら》んでしまう。彼の口づけは、まるで魔法みたいだった。

「……ん、ふ……」

口内を舌先で探られるタイミングで、オーギュストの指先が梓の中に入りこんでくる。一本。まず含まされたそれは、ひどい異物感を梓にもたらした。

「……うっ」

「いい子だ。ちゃんと呑みこめたじゃないか」

オーギュストはゆるゆると、梓の中で指を揺らしている。ぐるっと回し、隘路《あいろ》の壁を刺激しながらも、さらに奥を探ろうとしていた。

「……は、う……んっ」

梓は、ごくりと息を呑む。

細かな襞を擦りつけるように奥へと進む指先が、今までと違う感覚を梓に与えてきた。梓の中に、未知の場所がある。ちょっと触れられただけなのに、全身を快楽が貫いた。

「や、な……に……?」

萎《な》えたはずの欲望が、また芯を持ちはじめたのに気がついて、梓は瞳を潤ませた。他人に与えられる快楽のままならなさは、自分の手によるそれとは比べものにならないほど強烈な快楽につながっていた。

それゆえに、苦しい。

彼から与えられる快感は魅惑的で、いやおうもなく梓を引きずりこむほどの強さがある。でも、それと同時に怖くもあった。

「また、気持ちいい場所をひとつ覚えたな。梓の体には、こういう場所がいっぱいあるんだよ」

いやいやと、無意識のように梓は頭を横に振る。そんな梓をあやしながら、あくまでオーギュストは梓へと快感を教えることに熱中していた。手応えのあった場所を執拗に擦り、押して、梓の体にその感覚を植えつけようとする。

「……やっ、あ……っ」

強引に、内側から呼びさまされる快楽は、欲望そのものから溢れる感覚とはまた別種の、底知れなさがあった。

いや、いや、と口走りながらも、梓の欲は一気に高まって、またはけ口を求める形に変わりつつある。

それがあまりにも恥ずかしく、梓は両手で顔を覆ってしまった。直に触られてるならともかく、まったく違うところを弄《いじ》られているというのに。

「やだぁ……」

「ごめんごめん、気持ちよすぎて、辛いな？」

梓の手の甲に、オーギュストはくちびるを落とす。

「でも、俺は梓に気持ちよくなってほしいし……。俺自身も、おまえで気持ちよくなりたいんだよ」

オーギュストのくちびるが、梓の体をなぞる。くちびるから首筋、そして鎖骨、胸元へ。肌を吸い上げられる感触に気をとられているうちに、梓の体内には二本め、そしして三本めと彼の指が入ってくる。

頑なだったはずの場所は、快楽に屈しようとしていた。

「おまえの中に、俺を受け入れて？」

どこか甘えるような口ぶりで、オーギュストは囁いた。

「ふたりで、ひとつになるんだ」

梓を抱きしめたオーギュストの体は、熱っぽい。こんなに体温が高い人だっただろうか。

「おまえの誰よりも傍に行きたい。……おまえの寂しさを、俺で埋めたいんだよ」

「オーギュスト……」

荒い息をつき、瞳を潤ませながら、梓を抱きしめる男を見上げる。

彼は、ひどく真面目な表情だった。

彼は恭《うやうや》しく梓のくちびるを盗むと、抱き起こして膝の上へと座らせる。

いつしか指は引き抜かれていて、かわりに梓の狭間へは、もっと熱く滾《たぎ》ったものが押し当てられていた。ぴりぴりするような、そして焼けつくような気配。それが自分を求めてくれるオーギュストの気持ちのあらわれなんだと思うと、言葉がなくなった。

「……っ」

梓は、思わず目をつぶる。

いやという言葉が馴染んでしまっているくちびるが、今はぴくりとも動かなかった。

「……んっ」

引き結んだくちびるに、オーギュストが触れる。優しいキスで和《やわ》らいだ体に、ゆっくりとオーギュストは入りこんできた。

「……う、く……っ、ん……」

指でまさぐられていたときとは比べものにならないほど、強い感覚が梓を貫く。大きく胸で息をすると、「辛い想いをさせてごめん」とオーギュストが呟いた。

「これで、全部入ったからな。もう少し……、馴染めば楽になると思うが……」

「あ……っ」

梓の欲望をあやしながら、オーギュストは慎重に腰の動きを止めた。

熱くて、じんじんしているその場所に、痛みがないと言えば嘘になる。でも、こうしてじっとして、オーギュストとぴったりと体を重ねあっていると、まるで自分の中にぽっかりあいている穴が、彼に埋められていくような気持ちになった。

——鼓動、速い。

どきどきしているのは、梓だけじゃない。オーギュストも同じだ。それだけ興奮しているのだと思うと、彼が本気で梓を欲しがってくれているようで……——嬉しさすら感じてしまった。

穿《うが》たれるものの大きさに、梓の体はちょっとずつ慣れていく。やがて、オーギュストの動きが止まっていることを、もどかしく感じはじめた。

でも、そのもどかしさが、どうすれば和らぐんだろう。梓にはわからなくて、ただオーギュストにしがみつくだけだ。

「あ……っ」

身じろぎすると、オーギュストのものを締めつけている場所で、新しい熱が生じる。その感触に、思わず声が漏れる。梓自身のものと思えないほど、甘く濡れた声だった。

「……ん、よくなったか」

ほっとしたように、オーギュストは息をついた。

彼は梓に熱のこもったくちづけを与えながら、少しずつ腰を動かしはじめた。熱く猛りきったもので、柔らかな襞を擦り上げられると、今まで感じたことがないほどの快楽と、強い充足感が湧き上がってくるような気がした。

「……ん、あ……っ。あぁ……」

深いところまで、オーギュストの熱を感じる。

これは、梓を求めてくれているからだろうか。

彼は、梓の欲しいものをくれるのだろうか？

貫かれ、抱きしめられて、揺すぶられる。目が合うと、オーギュストは今まで見たことがないほど真剣で、必死とも言える表情をしていた。

その必死さが、梓を幸せにしてくれる。

高まった熱がもつれあい、やがて梓の中で弾けたとき、言葉にしがたい満たされた心地になっていた。


ふと気がつけば、しわくちゃになったシーツの海で、梓は溺《おぼ》れていた。オーギュストの腕に抱かれたまま、夢うつつをさまよっていたみたいだ。

彼の裸のぬくもりに触れて、梓はさっと顔を赤らめる。そして、脳裏に蘇るのは、彼に抱かれ、乱れた記憶だ。

――俺は、なんてことを……！

梓は、さっと頬を赤らめる。

一気に頭が冷めた。

自分のしたことが、信じられない。

もとから、寂しさに弱い自覚はあった。差しだされたぬくもりを拒めるほど、強くもない。

しかし、だからといって、養父の知人に抱かれてしまうなんて、ありえない。

キスもセックスも心地よかった。大事に、可愛がられているという実感を得ることができたからだ。

寂しい気持ちが、求められることで埋められた。

埋めて、しまった。

――本当に、俺はどうしようもない。

いくらガブリエルに新しい美の女神ができたからって、これはない。自分で自分が信じられなかった。

まるで流されるように関係を持ってしまって、これからどうしたらいいんだろう。オーギュストのことが嫌いじゃないから、よけいに困る。こんなことで、彼との関係がこじれたらいやだった。

それに、ガブリエルに顔向けできない。

思わず手のひらで顔を覆うと、頭のてっぺんにキスを落とされた。

「おーい、どうした？」

「……っ」

梓は、びくんと肩を揺らす。

もう少し、あと少し、待ってほしい。梓はまだ、彼と顔を合わせる勇気がないのだ。

「起きてるんだろ」

重ねて声をかけられたら、無視することも難しくなる。

梓はおずおずと、オーギュストを振り返った。

「はい……」

梓は上目使いになる。そして、指の隙間から、オーギュストの様子を窺《うかが》った。

「おはよう、俺の恋人《モナムー》」

ちゅっと、軽く音が立つように、頰へとキスされる。その触れられた場所から、一気に全身に熱が走った。きっと真っ赤になってしまっていることだろう。

「なっ、あの」

「どうしたんだよ、今にも泣きそうな声で」

「いえ、だって、あの」

甘い言葉を鼓膜に注がれて、梓のくちびるはまともに動かなくなってしまう。役立たずになったそれを、オーギュストは何度も何度も啄《ついば》んだ。

「だ、駄目……」

梓は思わず、震える声で呟いた。

「ん？　どうしたんだ。どこか辛い？」

「ち、違う。そうじゃない……。そうじゃなくて」

オーギュストは梓よりも年上で、慣れた調子で梓をかき口説いてくるくらいだし、きっと恋多き人なんだろう。それに、快楽の楽しみ方を知っている。こんなふうに成り行きで体の関係を持つことにも、抵抗がないのかもしれない。

でも、梓は違う。だから、こんなに優しく甘く、まるで本物の恋人みたいに触れられると、誤解してしまいそうだ。

「だって、俺、こんな……。ごめんなさい」

梓の声は、消え入るように小さくなる。

「俺、あなたみたいに……思えなくて」

オーギュストみたいに、恋に慣れていない。セックスの快楽なんて、なおさらだ。だから、彼みたいに軽やかに、こんな関係を楽しめるのは難しい。

たとえ、寂しさを埋めてもらえることを、知ってしまったとはいえ。

しょんぼりと、梓は身を縮める。

「あー、なんだ。そういうことか」

オーギュストは、軽く額にくちびるを寄せてきた。

彼は、小さく笑みを漏らす。

「いいじゃん、別に。これも、なにかの縁だし」

「えっ」

梓は、きょとんとする。なにかの縁って、オーギュストはどういうつもりなんだろうか。

彼は、あくまでも屈託なかった。

「梓の気持ちはわかっている。でも、俺は構わないよ」

「オーギュスト……」

「おまえが寂しくなくなったなら、俺も嬉しいよ」

オーギュストは、本当にそれでいいのだろうか。寂しさを埋めるように交わるなんてこと、梓はうしろめたくてたまらないのに。

思わず、窺うような表情になる。

「どうして……？」

オーギュストは、苦笑した。

「ごめんな、狡い大人で」

微笑んだ彼は、そっと梓のくちびるを奪う。可愛い、子どものキスだった。

「ガブリエルに新しいミューズが現れて、ショックなんだろう？　そうやって、弱っているおまえにつけ込んだ、俺が悪い。……おまえは、全部俺のせいにしておけばいいんだ。俺は自分が欲しいものを、おまえから奪っちゃっただけなんだからさ」

軽い調子で、オーギュストは言う。

「だから、いいんだよ。おまえの気持ちが俺と一緒じゃなくたって、構わない。ただ、これからも、おまえを可愛がらせてほしい」

梓は、目を丸くした。

「可愛がる……？」

「そうだよ」

「でも、そんなの……。俺、あなたに甘えさせてもらうばっかで……。オーギュストには、なにもいいことないのに……」

「いいことはあるじゃん。おまえと、一緒にいられる」

梓は、ぱちぱちと瞬きをする。

「俺と……、一緒がいいんですか？」

「そう」

「……寂しいんですか？」

小さく首を傾《かし》げ、梓は尋ねる。

梓の寂しさを、オーギュストは埋めてくれると言っていた。そんなふうに、梓の気持ちに気がついたのは、彼もまた寂しい人だからかもしれない。

家族の縁を切り、自分の選んだ人生を、自信を持って生きている。そんな人の感じる寂しさはきっと、梓とぴったり同じ種類のものではないのだろうけど。

「そうだな、おまえが一緒にいてくれないと、俺は寂しいよ」

オーギュストは笑う。

オーギュストみたいに明るく、華やかな人が、案外寂しがり屋なのだろうか。ひとりよりもふたりがよくて、ふたりでいるからにはもっと近づきたいという……――つまり、それが昨日の行為の意味なのだろうか？

――俺は、役に立ったのかな。

ただ彼に甘やかされているだけじゃなくて、彼の心の寂しさを梓が埋めることができたのなら、それは嬉しい。そしてほんの少しだけ、誇らしかった。ぐらぐらと揺れていた足場が、ちょっとだけしっかりとした気がする。

オーギュストとの行為に対してのとまどいが、柔らいでいく。かわりに、慕わしい気持ちが胸を占めはじめた。

寂しいもの同士、共鳴しあうかのように。

梓は、そっと体を彼に傾ける。

「……俺……も、あなたが傍にいるのは……やじゃない、けど……」

だから、彼が傍にいたいと言ってくれるなら、梓も安心できる。ガブリエルという居場所がいなくなり、心許ない気持ちが、オーギュストという心の拠り所を得て、落ち着いていく。

「いやあ、初心《うぶ》な反応が新鮮で可愛いよ。ほーんと」

ちゅっちゅと何度もキスを繰りかえしながら、オーギュストは囁きかけてくる。彼の息が耳たぶをくすぐると、その甘さにぼうっと頬が赤く染まってしまった。

「堅苦しく考えなくていいって。たっぷり愛してあげるから。……いつか、おまえの気持ちも変えてみせる」

「……変わるのかな……」

胸に抱えてきた、居場所のなさや寂しさが、変わってくれることはあるのだろうか。ずっとそれとつきあってきた梓には、よくわからない。

「今はわかんなくていいから」

「あっ」

ひときわ強く耳朶《じだ》を噛まれて、びくんと梓の体はしなった。体の芯に、ぽっと熱が灯る。

「俺に甘やかされて、ぐだぐだになってりゃいい」

「や、め……」

「今の気持ち、全部蕩《とろ》かして、流しださせてやりたい……」

どこか切なげな様子のオーギュストは、何事かを低い声で付け加えた。

でも、もう梓には聞こえない。熱く高ぶりはじめた体は、オーギュストにふたたび甘えはじめてしまったから。

梓とオーギュストの関係は、そんなふうに始まった。

＊　＊　＊

一ヶ月が経った。

ガブリエルは、撮影旅行から帰らないままだ。彼は気まぐれな人なので、そもそも旅行の予定が守られた試しがない。新しいミューズを見つけたからには、旅行が長期化するのは目に見えている。

オーギュストがいなかったら、寂しくて寂しくて、梓はどうにかなっていたかもしれない。

いつの間にか、オーギュストは梓のアパルトマンに寝泊まりするようになった。「そのほうが安心だし、メシ作るのにも便利じゃん」なんて、彼はしれっとしていた。

もちろん、オーギュストは仕事で忙しい。梓にも、リセも仕事もある。それでも、なるべく時間を合わせて、一緒の時間を作っていた。

なにをするというわけでもない。他愛のない話をしたり、オーギュストが休みの日は、一緒にキッチンに立って、食事の作り方を教えてもらったり。そうやって他人と行動する楽しさは、梓にとって新鮮だった。

そして、時々キスされる。触れるだけの、甘いキスだ。梓を抱きしめることはあっても、それ以上を彼は求めてこようとしなかった。

優しいスキンシップは、梓にくすぐったいような幸福感をもたらした。ふと梓が笑みをこぼすさまを、オーギュストは満足げに見守ってくれる。

待つ、と。彼はそう笑っていた。「俺も狡い大人だし、今さらかもしれないけど」と、肩を竦めてもいた。

一緒に暮らしているから、寂しさを埋めあわせるように体を重ねる必要が、なくなったということなのだろうか。

もしも、また彼に求められたら、梓はどうするだろう。とまどいながらも、やっぱり受け入れるだろうか。

今の梓は寂しさを感じない。でも、オーギュストが寂しくて、他人のぬくもりが欲しくなったというのなら、梓は彼に自分を差しだしてしまうかもしれない。

すごく気恥ずかしくなると思うけど、たぶんいやじゃない。

オーギュストとの生活は、これまでとはまったく違うものだった。

ガブリエルとは、同じ家に暮らしているとはいえ、それほど一緒の時間が過ごせていたわけじゃない。食事だって、ばらばらだった。写真中心のガブリエルの世界の傍らに、梓はそっと間借りしているだけの存在だったのだ。

誰かと一緒に暮らすということを、梓が実感しているのは、初めてかもしれない。

梓にずっとつきまとっていた、心許ないようなあの感じも、消えかけている。たっぷりとオーギュストに甘やかされているおかげだろうか。

梓の朝は、温かな食事の匂いからはじまるようになっていた。

あれほど食事することが怖かったのに、今は自然にフォークを握ってしまう。梓の態度の変化に、オーギュストはにんまり笑って「俺のメシ、美味いだろう?」と言う。

心から幸せそうに微笑まれると、梓の胸にも甘いものが流れこむかのようだった。その感情のうねりは梓を満たし、幸せにしてくれる。

朝が早いオーギュストにつきあって、早起きするのにも慣れた。朝のストレッチとヨガの時間を長くとれるようになったし、ちょうどいい。

「あ、今日は遅くなるぞ」

朝出かける前に、オーギュストは一日の予定を教えてくれる。彼の世界の片隅に梓が間借りしているわけではなく、一緒に暮らしていることを実感するのは、こういう瞬間だ。

「メシ作りに戻る余裕もないんだ。ごめんな」

「大丈夫だよ。最近はオーギュストがいなくても、ちゃんと食事してるでしょう?」

「……そうだな」

嬉しそうに、オーギュストは笑う。

「ようやく食育が実ったか」

梓の変化を、オーギュストがこんなにも喜んでくれる。それが、梓にとってはなによりも嬉しい。手をかけさせてしまっているけれども、それをちっとも面倒だとは思っていない、彼の気持ちがじわじわと伝わってくる。

その笑顔を見ていて、梓はふと思う。今日はリセの帰りに市場に顔を出して、食材を仕入れてこようかな、と。

——美味しいポトフとかは無理だけど、野菜スープくらいなら……。

オーギュストが遅くなるというのなら、そっとキッチンに野菜スープを用意しておこうかと、ふと自然に梓は思いついた。

いつか食べさせてもらったポトフの味には及ばないだろう。でも、今の梓の精一杯の……——オーギュストへの気持ちを、あらわしたかった。

モデルの仕事をすると決めたときのような、悲壮感はない。でも、誰かに喜んでほしい、役に立ちたいという気持ちは、同じことだ。

オーギュストへの気持ちも、ガブリエルに感じていたものと同じなのだろうか。この世にただひとりしかいない、拠り所への思い入れ。寂しい梓を救ってくれた恩人への、絶対的な好意。

ただ違うのは、オーギュストもまた、寂しい人だということだ。

ガブリエルとオーギュストの、梓への態度の違いは、そこから来ているのだろうか？

少なくともガブリエルは、たぶん梓がいなくたって困らない。でも、オーギュストは、梓がいなければ寂しいのだと言ってくれた。

……それで安心してしまう、梓は間違っているのだろうけど。

オーギュストの傍に、梓は安住の地を見つけていた。

ACT 7

「少し、ふっくらしてきたわね」

マネージャーにそう言われたのは、オーギュストと暮らしはじめて、二週間ほど経ってからのことだった。

来季の衣装の打ち合わせに出るために、プチ・リリーになろうとしていた梓に、ジルは微笑みかけた。

彼女の持つブラシは色を含み、梓の面差しを彩っていく。くすぐったい感触に目を閉じていた梓は、ジルの言葉にぱっちりと目を開けてしまった。

「……太った？」

体形管理には気をつかっていたはずなのにと、梓は顔をしかめた。

たぶん、ちょっと前の梓なら、ふっくらしてきたなんて言われたらパニックを起こしていた。

でも、今は落ち着いている。ただ、失敗したかな、と思ってるくらいで。

「違う違う、ちょうどよくなったと思う。雰囲気が変わったね」

ジルは大きく首を横に振る。

「プチ・リリーは儚《はかな》げで、今にも消え入りそうで、まるで夢の世界の住人みたいだった。でも、今は違う。生き生きしていて、とても魅力的。それに、なんだか色っぽくもなったし。急に大人になるものねえ」

梓に紅を差したジルは、満足げに頷《うなず》く。

「はい、できあがり。本当に、今のあなたは素敵。エグゼクティブ・ディレクターが、メインのラインのほうのモデルとして、あらためて契約できないかと、言いだすはずだわ。一ヶ月前なら、そんなこと絶対に言いもしなかったのにね」

「え……」

「梓も、リセの最終学年でしょ？　今年卒業するかどうかはわからないけど、そろそろ大人の女性にアピールできる存在になってきたじゃないかって。……見こまれたってことよ。素晴らしいわ。まだ背が伸びているみたいだから、もしかしたら男性モデルとして活躍できる日も来るかもね」

「俺が……」

梓は、目をしばたたいた。

一流メゾンの専属モデルとはいえ、梓はほぼ子役として扱われている。いわゆるブランドの顔というよりは、少女めいたイメージや、夢見がちな雰囲気を打ち出したいときのポイント投入として。もしくは若い世代向けの、セカンドラインのモデルとしての仕事が主だ。

ガブリエルの描いたイメージは、あくまで儚い少女の幻影だったし、梓もそれ以上のものを望まないでいたから。

それなのに、ジルの口ぶりだと、ガブリエルの被写体としてではなく、モデルとしての梓を評価してくれている人がいるということになるのではないだろうか。

「なにをびっくりしているの」

ジルは、呆《あき》れ顔になる。

「あなたは積極性がないし、自分を売りこんだりもしないけれども、真面目なモデルだって、みんな知ってるわよ」

「……倒れて、迷惑かけたのに……」

「誰にでも失敗はある。でも、問題はそのあとどうするかよ。今はめきめきと健康体になっていて、前とは違って、生身っぽい感じが魅力的なのよ。それがとても素敵だって、スタッフたちも褒めてるの」

「……それ、俺が前とは変わっちゃったってことですよね。ガブリエルが帰ってきたら、どうするかな……」

「彼は、魅力的なものがなにか、よくわかってる人よ」

ジルは安心したように、ふと笑った。

「でも、よかった。本当に落ち着いたのね」

「えっ」

「以前のあなたなら、ガブリエルの理想じゃなくなっちゃった、どうしようって、もっと焦るでしょう」

「……あ」

梓は、頬を赤らめる。さすがマネージャーだけあって、ジルはよく梓を見ていたようだ。

「でも、それでいいのよ。あなたとガブリエルのふたりの世界が作りだすものは、たしかに素晴らしかった。理想郷を見せてもらったけど……」

ジルは、小さく肩を竦める。

「今のあなたなら、ガブリエルや、彼のスタッフ以外のカメラマンともやっていけると思う。本格的にモデルにならないかって、勧めずにはいられないくらい」

「……本格的なモデル活動って、考えたこともなくて」

梓は困惑する。

まさか自分が、周りの人にモデルとして評価されているなんて、梓は考えもしなかった。ただ、ガブリエルの被写体として、恥ずかしくない存在でいようとしていただけだし。ガブリエルから離れて仕事をするなんてこと、ちょっと前の梓だったら、考えられもしなかっただろう。困惑して、焦って、過大な期待に怯えたかもしれない。

けれども今、梓の心は凪《な》いでいる。

理由なんて、考えなくてもわかる。全部、オーギュストのおかげだ。

彼の存在が、梓の心に余裕を作ってくれている。

ぬくぬくと、包みこまれるように可愛がられている間に、居場所が見付からないゆえの不安が、いつの間にか遠くへと追いやられてしまったようだ。

それは、梓自身も思いがけない心の動きだった。

自信なんかなかった。どうやったら邪魔者扱いされず、この場にいていいと認めてもらえるだろうかと、考えるだけで精一杯だった。ところが今の梓は、よく頑張っていると、その頑張りそのものを評価していると、周囲の人から言われているという。しみじみと、嬉しさがこみあげてきた。

でも、思いがけない状況の変化に、まだ着いていききれていない。

今のままでいたいという気持ちは、やっぱり強かった。変化することに対しての不安を感じるのは、やっぱり梓に自信がない証拠だろう。

「俺……。まだ、リセも卒業できていないし。先のことなんて……」

「それはそうね。いきなりだし」

「俺がモデルをはじめたきっかけは、成り行きです。本格的に続けていくかどうかって、すぐには答えを出せないかも」

「いいんじゃないの。学生の間は、それで」

ジルは、大きく頷いた。

「あなたの事情は、わかってる。だから、答えはゆっくり出せばいいのよ。ま、バカロレアはちゃんと取得したほうがいいしね。なにが先にあるかわからないけど、あれで人生決まっちゃうから」

「……うん」

梓は、大きく頷く。

将来というものに対して、梓はずっと闇雲に怯えていた。でも、今は落ち着いた気持ちで、ジルの言葉に頷ける。

「……ムシュー・バティーニュと知りあえて、よかったわね」

「えっ」

梓は慌てた。

オーギュストは、仕事のことと関係ない。それなのにどうして、彼の名前が出てくるのだろうか。

――オーギュストと一緒に暮らしてることはジルも知ってるけど、でも、それ以上のことは言ってないし……！

彼との関係は幸福そのものだ。でも、彼と体を重ねたことや、毎日毎日何十回だってキスしてることなんて、知られてしまったら気恥ずかしい。梓は、頬を真っ赤に染めてしまった。

ジルは微笑む。

「彼のおかげで、世界が広がったでしょう？　それは絶対に、あなたにプラスになっているわ」

「……あ、うん」

焦りが引っこむ。梓は、こくりと頷いた。

ジルの言うとおりだ。

これまでずっと、家と仕事場、そしてリセをぐるぐる回るだけだった梓を、オーギュストは強引に外へと連れだしてくれた。

彼から受けた影響は、とても大きい。

「美味しいごはんも食べられるし。羨ましいわ。国一番のシェフに、食事を作ってもらえるなんて」

「……そうかも」

梓は、ちょっとだけ肩を竦める。

「最近、料理もちょっとずつ教えてもらってるんです。下ごしらえだけだけど」

「それは、いいことね」

心の底から嬉しそうに、ジルは言う。

はにかむように、梓は微笑んだ。

本人を前にすると、どうしても気恥ずかしくて言えない。でも、オーギュストの存在は、今となっては梓の心の支えだった。


打ち合わせから戻ると、ちょうどオーギュストも帰ってきたところらしかった。「スープとサラダくらい食おうぜ」と言いながら、彼はキッチンに立った。

「俺も、手伝う」

女装から本来の姿へ戻った梓は、オーギュストの手伝いをする。指や爪を痛めるとよくないので手袋で手を保護することは忘れないが、ピーラーの使い方がようやくさまになってきた。

休みでも関係なく自分の店の厨房にこまめに顔を出し、名前を冠しているライセンス商品のチェックをし、テレビや取材関係の仕事も多いオーギュストはかなり多忙なはずなのに、疲れた顔ひとつ見せずに梓のために時間を割いて、料理のイロハを教えてくれる。

「俺は、梓の素の顔が好きだけどさ」

ニンニクをオーブン皿にこすりつけながら、オーギュストは呟く。

「でも、やっぱり女装姿を見ると、どきっとするな。めちゃくちゃ美人だから」

「……俺の、ああいう格好、オーギュストは好き?」

なんとなく、窺うような口調になってしまう。彼がどう思っていようと、梓の仕事とは関係ないはずだ。それなのに……――なにを、こんなに気にしてるんだろうか。

「ん? そうだな。可愛いよ」

オーギュストは小さく笑った。

「でも、妬《や》ける。モデルってことはさ、大勢に見られてなんぼだろ。おまえが仕事で評価されるのは嬉しいけど、大勢の人に可愛い可愛いって思われてるのは……。まあ、ちょっとヤキモチは妬くよ」

「……っ」

梓は、顔を赤らめる。

「……さびしんぼ」

横を向いて、ぽつんと呟く。

オーギュストが、ここまで寂しがりだとは思わなかった。まるで、梓みたいだ。ガブリエルが世界のすべてで、彼の気持ちを独占しておきたかった頃の。

「さびしんぼは、梓だろ」

梓の頭のてっぺんにくちびるを寄せ、オーギュストは笑う。キスがくすぐったくて、梓は小さく身じろぎした。

「まあ、俺にとってはありがたいんだけどさ。梓が寂しがりじゃなかったら、俺は傍にいられなかったし」

「オーギュスト……」

それは、梓の台詞だ。オーギュストが寂しがりじゃなかったら、こんなふうに傍にいることができただろうか？

触れてくれただろうか――。

顔を上げると、くちびるを啄まれる。慣れたキスのタイミング。ごはんを作りながらで、いまいち格好がつかないけれども、こんなささやかな触れあいが、嬉しくてたまらなかった。

ずっと、このままでいられたらいいのに。

温かな時間に、たゆたっていたい。

そんな願いを、どうしても梓は捨てられそうになかった。

＊　＊　＊

朝、リセに行く支度をしているときに、ふとスマートフォンがキッチンのテーブルに置かれているのに梓は気づいた。

オーギュストのものだ。

——これ、仕事用のスマホって言ってなかったっけ。

梓は眉を顰《ひそ》める。

オーギュストが、こういう忘れ物をするのは珍しい。

——時間は、大丈夫かな？

リセに行く前に、オーギュストの店に寄る時間がとれそうだ。時計を確認した梓は、スマートフォンを手にする。

ちょっとだけ、浮かれていた。オーギュストに会いに行く口実ができたのが嬉しかったということに気づいたのは、家を出てからのことだ。

オーギュストのレストランには、すでに何度か顔を出させてもらっている。しかし、そのたびに、やっぱり緊張した。

働いている人たちがみんな真剣で、オーギュストを尊敬しているのがわかるから、自分の振るまいが彼らの迷惑にならないよう、オーギュストの評判を落とすことはないよう、気にせずにいられない。

今日も、オーギュストは店の厨房で忙しくしていた。

「お、わざわざすまなかったな」

スマホを渡したら、オーギュストはそう言って笑ってくれた。でも、日頃の彼からは、ちょっとだけ素っ気なくも感じた。

仕事中だから当たりまえなんだろう。梓だって、一応モデルとして働いているから、そういう気持ちはわかる。寂しくないと言えば嘘になるけれども、仕事に夢中なオーギュストの姿を見ているのは、とても好きだ。

だからこそ、彼の邪魔はしたくない。

「じゃあ、俺はこれで」

そう言って、そそくさと立ち去ろうとしたそのとき、誰かが梓の袖を引っ張った。ふと振り返ると、見習い料理人らしき、若い人だった。

「ねえねえ、ムシュー・バティーニュと仲良いんだよね？」

気軽に話しかけてきた相手に、梓は小さく頷いた。

「じゃあさ、これ本当かどうか、知ってる？」

彼が梓の目の前に広げたのは、駅で配られるフリーペーパーだ。街のイベント情報やお勧めのお店などの他に、ゴシップ情報みたいなものも掲載されている。

梓はそれを見て、目を丸くした。

新聞にとりあげられていたのは、オーギュストだ。彼よりも年上らしい、でもとても美しい女性と腕を組んで寄り添っている。

天才シェフの片想いの相手……――そう、銘打たれている記事だった。

「あ……」

梓は息を呑んだ。

その女性には、見覚えがある。

――たしか、オーギュストと……。

彼と初めて出会ったときのことを、梓は思いだしていた。

オーギュストに親しげに呼びかけていた女性だ。でも、彼女のことなんて、すっかり忘れてしまっていた。

——オーギュストには、片想いの人がいる……？

名前を確認して、彼女がなにものかようやく梓は理解した。ファッション業界にも縁が深い人だから、見覚えがあったのも当然だ。社交界の華、ソーシャライツとして有名な資産家で、ジョゼフィーヌ・ドゥ・オランシェという人だ。その名前からして、彼女も貴族の出身なんだろう。

艶《あで》やかで美しいだけじゃなくて、毅然《きぜん》と立つ女性。モデルのような美人というよりも、生き様が美しい人に特有の顔立ちをしていた。

——オーギュストは、この人のことが好き？　……でも、叶わない想いだから……。だから、寂しがってた？

だから彼も、慰めがほしかったのだろうか。

たとえば、他人のぬくもり。穏やかに、甘やかにじゃれあう時間。そう、たとえば梓と一緒に過ごして、ひとりぼっちじゃなくて、ふたりでいることで、彼は癒やされていたんだろうか。

そう気づいたとたん、梓は膝から崩れそうになる。

オーギュストの役に立てたら嬉しい。

彼が寂しい人だというのであれば、その心を慰められ、役に立てることで、梓の心は癒される。そう、思っていた。

それなのにどうしてか、今、梓の心臓は早鐘のようだ。軋《きし》むように、胸が痛い。

彼の寂しさの、本当の理由を知ってしまったのかもしれない。そのことが、梓に思いがけないダメージを与えていた。

＊　＊　＊

レストランを出てから、どこをどう歩いたのか、覚えていない。

気がつけば、梓はリセではなく、セーヌのほとりに来ていた。メトロの駅でもらった、フリーペーパーはしっかり握りしめたままだ。

見たくないと思った。でも、たしかめずにはいられなかった。

記事の内容によれば、三歳のときに元伯爵家の莫大な遺産の相続人となったジョゼフィーヌに、オーギュストが叶わぬ片想いを続けているという話だった。

ジョゼフィーヌは独身だが、恋の相手はつきないらしい。ただ、その相手がオーギュストになったことは、一度もないそうだ。

「俺の宝物、か……」

ほろ苦い気分で、梓は記事の内容を口にする。

それは、オーギュスト自身が友人に、彼女を紹介するときの言葉だという。

派手で享楽的というイメージの強いソーシャライツだが、ジョゼフィーヌは慈善事業にも熱心で、オーギュストにお似合いの自立した大人の女性だ。

いついかなるときも、オーギュストはジョゼフィーヌのことを「俺の宝物《マ・トレゾー》」と呼んでいたという。

長く、辛い片想いをしているということになるのだろうか。

この記事を、どう受け止めればいいのかわからない。

——……オーギュストが寂しがっていたのは、彼女が手に入らないからなのかな……。

記事を読んでしまった以上、そうとしか思えなくなる。

ガブリエルを失っていて寂しがっていた梓を抱いたのは、彼の寂しさを埋めるため。それはわかっていたのに、どうして今、梓はこれほどまでにショックを受けているのだろうか。

甘やかされ、あやされているだけだった梓は、オーギュストが心の奥深くに隠していた葛藤なんて、まったく気がつきもしなかった。

それでも、彼の寂しさを埋められるなら幸せだと、本気で思っていたのに……——今まで以上の寂しさで、梓はどうにかなりそうだった。

そしてこの寂しさはきっと、たとえオーギュストが傍にいて、抱きしめてくれたとしても埋まらないものだ。

梓は、そのことに気づいてしまった。

だって、梓はオーギュストに恋をしているから。

寂しさを埋めるために、傍にいてほしいんじゃない。

彼だから、傍にいてほしいのだ。

差しだされた手のぬくもりに、寂しさゆえに縋りついた。そのはずだったのに、いつの間にか梓にとって、彼の存在はなくてはならないものになっていたのだ。

恋に落ちてしまっていた。

ACT 8

好きな人がいるのに、優しく甘やかさないでほしかったなんて、言わない。その甘さは寂しさのあまりどん底に落ちこんでいた梓に必要なものだった。たぶんガブリエルが新しい被写体を見いだしたショックは、オーギュストなしでは耐えられなかっただろうから。

好きじゃないのに触らないでとも、言えない。梓は、そんなに強くなかった。

でも、オーギュストに好きな人がいるということを考えると、彼の優しさに触れるたびに苦しくなる。オーギュストの寂しさがそれで癒やされるなら、役に立てるならいいと思ってたはずなのに、彼の心に別の人がいるという事実が辛くてたまらない。

いつから、梓はこんなにも欲張りになってしまったんだろうか。

寂しい心と心を重ね、慰めあうだけじゃ足りなくなってしまった。

オーギュストの全部が欲しい。

梓のことを、好きになってほしかった。

今の梓では、オーギュストにとって魅力的じゃないことくらい、わかっている。与えられるまま甘やかされるだけだった梓では、きっと彼には物足りない。

変化が怖い。梓には自信がないから、今がよければよいほどに、このままでいてほしいと願ってしまう。

黙っていれば、オーギュストは梓の傍にいてくれるはずだ。

今までの梓だったら、オーギュストのなすがまま、彼の腕の中で丸くなっていたと思う。でも、もうそれはできそうになかった。

いくら辛いとはいえ、オーギュストに「さよなら」と言えるほど、梓は強くない。だからといって、オーギュストの片想いを知らないふりはできなかった。

恋というのがこんなにも、自分でもどうしようもないくらい荒々しい感情だなんて、梓は知らなかった。攻撃的すぎるほど衝動的で、情熱だけで体が動いてしまいそうになる。オーギュストのことを考えていると苦しくて仕方がないのに、その苦しささえ幸せでもあった。

――告白するのを、目標にしよう。

悩んだ挙げ句に、梓の出した結論はそれだった。

――好きになってもらえるよう頑張って、それから……。

好きになってもらえるよう頑張るといっても、どうしたらいいのかわからない。それに、ハッピーエンドが待っているとも限らなかった。

きっと、告白したら、今の関係は壊れてしまう。

けれども、気づいてしまった恋心から、目を逸らすことができなかった。梓は弱いけれども、たったひとつだけ、強さを持ちたかった。

オーギュストが変わらず傍にいてくれる一瞬一瞬が、梓にとっては宝物だ。触れられるだけで、胸が高鳴る。視線が合うと、頰が熱くなった。彼の視線ひとつで一喜一憂している梓の気持ちを、ずっと隠しとおすことができるとは思わない。

今のままでは、振られるに決まっている。だから悔いがないように頑張って、自分から告白したかった。

――大人になろう。

温かく、ずっとたゆたっていたかった時間を手放すことを、梓は覚悟した。

大人になるために、将来のことを考える。心地いい宙ぶらりんの時間を、これ以上長引かせないよう、バカロレアを受験して、リセの卒業を目指す。

梓がそう考えたのは、オーギュストが大人だからだ。彼に好きになってもらうには、やっぱりジョゼフィーヌみたいに、彼に並んで立てる大人にならないといけないような気がした。

遠くに見えた、厨房でのオーギュストの背中を思いだす。「大人になると楽しいよ」と言っていた、彼の笑顔も。

ずっとこのままでいられたら、なんて。まるで、それは夢みたいな幸せだ。でも今、梓は、夢の中でまどろむより、前に進むほうを選びたい。

オーギュストと出会う前だったら、きっとこんなことは考えもしなかっただろう。

——俺も、あの人と同じところに行きたい。

彼に近づきたい。

抱きしめあって、隙間なく重なるだけじゃなくて。

背伸びをすることにはなるけれども、大人になろうとする自分を、彼にも見せたかった。ちょとでもいいから、好きになってほしかった。

気持ちを固めて、梓はバカロレアの資料に目を通した。ようやく、という感じだが、教師はほっとしたようだ。

その理由が恋心ゆえなんて、絶対に言えないけれど。

——本当に好きになってもらえるかわからないけど、このままでいちゃ駄目だっていうことは、わかってるよ。

強くなろうという気持ちと、弱さとが入り交じっていて、今の梓は少し不安定になっている。そんな自分を、梓は叱咤激励するしかなかった。

――バカロレアの受験のことは、ガブリエルに相談してみようかな。予備校に通わないと、間に合わない気がする……。

ふっと息をついたそのとき、玄関で鍵の音がした。

「ただいま」

にっこりと笑いながら姿を見せたのは、よく日焼けした養父だった。

ちょっと前だったら、顔を見たとたん、泣きだしてしまったかもしれない。それくらい、梓は不安定だし、ひとりぼっちに弱かった。

でも今は、不思議なくらい心が穏やかだ。

ガブリエルが戻ってきたということは、オーギュストも自宅に帰ることになる。彼と離れたくはないが、今の梓にとっては、少し彼と距離をとるほうがいいかもしれない。好きな気持ちが早まって、溢れだしてしまわないように。

「お帰りなさい。まさか、今日戻ってくるなんて思わなかった」

「満足いくまで写真撮りきったから、戻って来たんだ」

「……素敵な人、見つけたし？」

「ああ！」

ぱあっと、ガブリエルは表情を輝かせた。

「写真、見てくれたか？　素晴らしい女性だろう」

「……うん」

瞳を輝かせて、自分が見いだした女性がどれだけ素晴らしいかを語りだす養父が、なんだか眩しい。とても幸せそうだからだろう。

最初にあの写真を見たときのような心許なさ、寂しさを、梓が感じることはなかった。

「よかったね。あの人が、ガブリエルの新しいミューズなんだよね？」

思いきって、梓はそう問う。想像していたよりも、無理なく言えたのだと思う。なんだか、肩の荷が下りたような心地すらした。

「ああ、そうなんだ」

口元を綻ばせて、ガブリエルはアルジェリアで出会った女性の話をしはじめる。まるで、愛の言葉の奔流だった。

それを最後まで全部聞いてから、梓はおずおずとガブリエルに切り出した。

「あのさ、ガブリエル。お願いがあるんだ。今、ガブリエルが被写体にしたい人が他にいるからっていうんじゃないけど――」

「どうしたんだい？」

「……俺、バカロレアをとって、リセをちゃんと卒業したいと思う。だからしばらく、モデルの仕事を控えようと思って。あ、もちろん、ジルとも相談するし、今受けている仕事は、ちゃんとこなすよ」

「えっ」

ガブリエルは、ぱちりと瞬きをした。

「バカロレア？　そういえば、梓はまだ受験していないのか。えーっと、今年はもうはじまってるっけ」

「うん。今年は間に合わないから、来年に……。いつまでもこのままじゃ駄目だと思ったんだ。モデルを続けるにしても、リセは卒業しようと思って。今のままだと、将来のこととか考えられない状況だし」

そう言いつつも、心臓がばくばくしはじめる。

今の状況を変える、その第一歩を踏みだしてしまった。ガブリエルの返事がどうであれ、もうこのままではいられない。

「そっか。言われてみれば、そうだね。僕、梓はずっとモデルを続けるんだと思ってた。そりゃ、女装はもしかしたらあと十年くらいしかできないかもしれないけど」

　ガブリエルは、真顔で言う。

「……十年も、女装モデルをするは無理じゃないかな」

「梓ならできるよ」

「どうかな？」

　梓は苦笑する。いくら梓が女顔でも、二十歳を超えてきたら、体格が大人の男のものになってしまう。もちろん、華奢《きゃしゃ》なままかもしれないが、これぱかりはどうなるかわからない。

「モデルの仕事について、ちゃんと考えることもなかったからさ。一度ゆっくり、将来のことも含めて考えなくちゃって思って……」

　そういえば、こんな話をガブリエルとするのも、初めてなのかもしれない。

　いつだって、ガブリエルの意思を優先していた。話題は彼のことばかりだった。それは、引き取ってくれた彼への、せめてものお礼のつもりでいたから。

「科学のバカロレアにしようと思ってるんだ。俺、まだなにになりたいとか、決められないから。できるだけ、選択肢が多いのにしようと思って」

「いい考えだね」

　ふっと、ガブリエルは笑う。

「そういえば、僕は父親らしいことをなにもしていないね。ごめん。梓の学校のことだとか、まったく考えてなかったよ」

「謝らないで」

梓は、小さく首を横に振る。

ガブリエルにとっては写真がすべてで、他に気が回らないだけだ。彼なりに梓を大事にしていてくれたことくらい、梓にだってわかっている。

「……血のつながりもない俺を、ここまで育ててもらえただけで、嬉しいよ」

「自分の息子を育てるのは、当たりまえだよ。バカロレアの勉強に集中するというのなら、サポートさせてほしいな。今まで、僕につきあってくれて、ありがとう」

優しく笑いかけてくれたガブリエルは、梓の髪を撫でる。

自分の息子と、言ってくれた。その言葉だけで、十分すぎる。彼の中に自分の居場所があったのだと、胸が熱くなった。

「うん……」

血のつながらない親子だからと、溝を作っていたのは、梓自身の心だったのかもしれない。

ふと、そんなことを考えてしまう。

「ありがとう、ガブリエル」

面と向かって、育ててもらったお礼を直接言うのも、思えば初めてだろうか。

――……お礼、オーギュストにもちゃんと言わなくちゃ。

ジョゼフィーヌとの関係を問うよりも先に、告白するより先に、やらなければいけないことを、梓はふと思いだす。

寂しかった梓を支えてくれてありがとう、と。

明日、リセの帰りに綺麗な便箋《びんせん》を買ってこよう。そう、梓は思った。

彼と距離を置く前に、伝えておきたい言葉を届けるために。

＊　＊　＊

バカロレアを受験すると決めてから、梓の気持ちの切り替えは早かった。

オーギュストはガブリエルと入れ替わりに、自分の家に戻った。オーギュストとのさよならのキスを、思ったより自然な表情で、梓は受けることができた。

オーギュストには内緒にしたが、梓はしばらくパリを離れる予定だ。

ちょうど、夏季休暇の時期に入ろうとしている。

バカロレア受験のための予備校というものがあって、梓は今までの遅れを取り戻すために、夏季休暇の間は修道院で合宿をするプランを選んだ。

オーギュストに内緒にしたのは、バカロレアに合格したら彼に告白すると決めたせいで、なんとなく言いだせなかったからだ。

でも、もしかしたら夏季休暇に、オーギュストは梓を遊びに誘ってくれるかもしれない。彼との時間をなくすのは残念だが、梓もバカロレア受験には本気になっている。それは、オーギュストへの想いとも比例していた。

さすがに黙って出発するのはどうかと思い、梓はパリを出る前に、オーギュストへの手紙を送ることにしたのだ。

ラブレターというわけじゃない。でも、今の梓の、素直な気持ちをこめた言葉だった。バカロレアの受験と告白ということが梓の中で結びついていたせいで、パリを離れる目的をなんとなくぼかしてしまったけれども、しばらく会えないという話と、今までのありがとうをこめて、初めてペンで手紙を書いた。

授業はフランス語で受けているけれども、案外自分の気持ちを文章で表すのは難しい。そういえば、辞書を片手に手紙を書くなんてことも、今までやったことがなかった。

＊　＊　＊

勉強に集中するために、携帯電話やスマートフォンの持ちこみなども禁止されて、外の世界とのつながりを断たれた環境で、梓は二十日間を過ごした。

リセでも、同級生に馴染んだとは言いがたい梓だから、合宿で上手くいくかどうか不安もあった。

でも、案外、まったく知らない人相手のほうがリラックスしてつきあえたみたいで、そこそこ楽しく過ごせた合宿から戻ってきたら……——なぜか、アパルトマンには思いがけない人が待ちかねていた。


帰国後も、ガブリエルはのんびりしていなかった。アルジェリア人のミューズを渡仏させるために、よけいにばたついているみたいだった。

それに、不在の間に舞いこんだ仕事を片付けるのにも、とても手こずっていたらしい。梓が合宿の間、ほとんどガブリエルも家にいないかもしれないと、言っていた。

だから、梓が合宿から帰ってきたとき、アパルトマンには誰もいないと思っていた。ところが部屋には灯《あか》りがついて、温かな食べ物の匂いが漂っている。

「……帰ってきたか」

玄関から飛びだしてくるような勢いで、オーギュストは梓を出迎えた。そして、体当たりするみたいに、荷物ごと梓を抱きしめる。

「オーギュスト、なんで？」

梓は、大きく瞬きをする。

ガブリエルが帰ってきてからというもの、オーギュストは前ほど顔を出さないでいた。今日はガブリエルも不在だし、なおさらアパルトマンにいるなんて、考えもしていなかった。

「なんでもなにも！」

オーギュストは、手紙を梓へと突きつけた。

「なんだこれ！」

「……え」

突きつけられた手紙を見て、梓は目をしばたたかせる。

オーギュストが握りしめているのは、梓の送った手紙だ。

今までありがとう、もう寂しくないから大丈夫だよ、ちゃんと大人になるよと、梓にしては素直な気持ちを書き綴った。

母国語ではないフランス語の手紙ということで、ちょっとオーバーに、夢見がちな文章になってしまったかもしれないけれど。

オーギュストが血相を変えるような内容じゃ、ないと思う。しかし彼は、今まで見たことがないほど、思い詰めた表情をしていた。

「電話もメールも、通じないし！」

「スマートフォンが持ちこめない場所にいたから、置いていったんです」

「アフリカの奥地にでも行ってたのか？」

「そうじゃなくて」

とまどったように、梓は上目使いになる。

バカロレアのことを考えると、ちょっと気恥ずかしい。でも、ここで黙ってるのもへんな気がして、梓は重いくちびるを開きかけた。

でも、オーギュストのほうが早かった。

「俺、おまえを諦めないから」

梓を抱きしめたまま、オーギュストは低い声で囁く。

「おまえの気持ちが変わるまで、待つって言ってるだろ」

「え、あの……」

梓は眉を顰める。

「どういうことですか？」

なにをどう、諦めるというのだろう。諦めが必要だとしたら、バカロレアのあとにオーギュストに告白し、振られる予定の梓のほうだ。

気持ちが変わるのを待つというのは……——つまり、梓の寂しさが和らぐのを待ってくれるという話ではなかったのか。

真顔で、じっと見つめると、オーギュストは少し困惑したような表情になる。彼らしくもなく、なにか葛藤しているような素振りだった。

彼は少し考えこむような素振りを見せてから、くちびるを開いた。

「だから、おまえがガブリエルを好きなのは知ってるけど、いつか俺を振り向かせてやるからと……」

「……は?」

梓は、ぽかんとオーギュストを見上げた。

いったい、なんの話だろう。

梓が、ガブリエルを好き? それはもちろん、恩のある養父だし、当たりまえの気持ちだと思うのだけど。

しかしオーギュストの言う「好き」が決して家族愛のそれじゃないことに、遅まきながら梓は気がついた。

「……え」

思わず、気が抜けたような声が漏れる。

梓の反応に、オーギュストは眉を寄せた。梓の気持ちを、推し量りかねているかのようだった。

しんと沈黙が流れた。

まじまじとお互いを見つめあい、ふたりはようやく気がつく。

お互いに、なにか勘違いしているらしい、と。

先に動いたのは、オーギュストだ。彼は、梓を抱きしめる腕に、力を籠めた。そして、そっと顔を傾け、近づけてくる。

「キスするからな」

そう言うと、彼は強く念を押した。

「可愛いからとか、甘やかしたいとか、ましておまえの寂しさを埋めたくて、とかじゃないからな」

オーギュストの眼差しが、梓の胸を射貫く。

「おまえを、愛してるってことだ」

「オーギュスト……？」

愛していると言っただろうか、今。

幻聴じゃないだろうか。

ボストンバッグを握りしめていた指から、力が抜けていく。久しぶりに重ねられたくちびるは、とても温かかった。


「……あれ、別れの手紙じゃなかったのか?」

キスの余韻で、まだ夢見心地だ。じんわりとその心地よさに浸っていた梓を抱きしめたまま、オーギュストはそっと尋ねてきた。

「バカロレアのための、予備校の夏季合宿に行ってたんです。だから、しばらく会えないし……と思って。お世話になったお礼、あんまりちゃんと言えてなかったし、いい機会だから、伝えておこうかと……」

そう言いつつも、梓の声は小さくなっていく。

柄にもないことをしたせいで、いらない誤解を招いてしまったらしい。自分のフランス語筆記力が、ちょっと心配になる。日頃使わないような単語を、選んでしまったせいだろうか。

「……そういうときはな、アデューじゃなくて、オヴォワーにしておこうぜ……」

「手紙だから、かしこまった感じのほうがいいかなと……」

さよならのつもりで書いた結びの言葉が、大失敗だったようだ。滅多に使わない言葉は選ぶものじゃないと、梓は反省した。

「南の連中はともかく、このへんだと『二度と会えないさよなら』って意味のほうが強いからな……」

「えっ」

「……まあ、あんまり日常で使わないし……。かといって、辞書引くような言葉でもないし」

ふっと、オーギュストは深く息をついた。

「……うん……」

梓は、両手で顔を覆う。

実母や祖母が気取った声で使っていた挨拶の言葉は、梓にとって馴染んだものだった。でも、そういえば梨里子の母、梓の祖母に当たる人はプロヴァンスから日本に移住した人だ。つまり、南フランスの人ということになる。

ものすごい大失敗に、申しわけなくなってきた。

「ごめんなさい……」

小さな小さな声で梓が呟くと、オーギュストは苦笑する。

「いいって。ガブリエルって南の出身だっけ?」

「俺の、母方の祖母が……」

「ああ、納得」

オーギュストは、小さく肩を竦める。

「他に好きな男がいる相手を振り向かせるためには時間がかかることは覚悟してたけど、遠くに行かれちゃったらどうしようもないしさ……。寂しくないからもう大丈夫とか言われたら、俺と会いたくないってことかと思って、焦ったじゃないか」

「……俺、大人になりたいと思ったんです。だから、甘えるのはやめようと思って……。そういうつもりで、手紙を書きました。俺が寂しがってたら、オーギュストはいつまでも甘やかしてくれるかもしれないって思ったけど。……それは俺にとって嬉しいことだけど、このままじゃいられないって、気がついたんです」

「大人になりたい、か」

オーギュストは頭をかいて、ふっとため息をついた。

「駄目だ。おまえ、想像以上にかわいこちゃんだった……」

「……え」

「そのくせ、一人前に切ない顔するもんな。ああ、やっぱり、スイッチ入って襲っちゃったこと後悔するわ」

「したくなかった……ってこと?」

おずおずと、梓は尋ねる。

オーギュストが梓と体を重ねたのは、もしかしたら勢いに流されただけで、本当はしたくなかったのではないか。思わず、そんな心配をしてしまう。

「違う!　したかったに決まってるだろ。今だってしたい!」

オーギュストは声を張り上げると、梓の頬を両手で挟む。

「したいけど……。その、おまえがあんまりにも可愛いくなっちゃって、逆にあいうことするべきじゃないって思ったんだ。失恋したのにつけこんで、体で慰めて、そこからずるずると……とか。そういうのは」

深々と、オーギュストはため息をつく。

「失恋?」

梓は、ぱちぱちと瞬きをした。

「だから、おまえが」

「誰に?」

「ガブリエル」

「……なんでそうなるんですか！」

梓は、顔を真っ赤にする。

「ガブリエルは、俺のお父さんなのに！」

オーギュストが根本的な勘違いをしていることに気がつき、梓は大声で否定する。

「俺、実の母に出ていかれちゃって……。それもあって、ガブリエルに依存してたけど。それだけです。ガブリエルに新しいミューズができたら、また俺ひとりになるのかなって思って……。あのときは、すごく動揺しちゃって」

「そういうことだったのか……」

オーギュストは、大きく肩で息をついた。

「あんな切なそうな顔をしてるし、嫉妬《しっと》しているようにしか見えなかったから、俺はてっきり……」

「……そ、そう言われると……。たしかに、俺は独占欲強いから、嫉妬っぽい気持ちもあったけど……。でも、俺がこの国にいられるのって、ガブリエルのおかげだから。……もう、彼にモデルとして関心を持ってもらえなくなるかもって思ったら、足場を失うような気持ちになっちゃったんです。ガブリエルって、ああいう人だし」

ここまで打ち明けたら、もう隠しておくことなんてないだろう。

梓は思いきって、オーギュストに問いかける。

「オーギュストこそ、好きな人がいるんじゃないですか？」

「……は？」

「ジョゼフィーヌさんて人のこと、大事な宝物だって……。片想いしてるって、フリーペーパーで見ました」

「……ああ」

ふっと、オーギュストはため息をついた。

「そういや、記事になってたな。ごめん、あれを見たのか」

梓は無言で、こくりと頷く。

「誤解だ。恋人って意味じゃない。彼女は俺の恩人なんだ」

「えっ」

「おまえがあれを見たって知っていたら、真っ先に説明したのにな。ごめん」

梓が顔を上げると、オーギュストは苦笑いした。

「俺さ、実家を飛びだしたじゃん。そのあと、援助してくれたのが、彼女なんだ。おまえも知ってるかもしれないけど、彼女は三歳で莫大な財産を相続した女相続人なんだ。それに、彼女は俺の遠縁でもあるんだよ」

「そうだったんですか……」

梓は、さっと顔を赤らめた。

梓もまた、大きな勘違いをしていたらしい。

オーギュストに援助者がいるのは、知っていた。しかしまさかそれが、ジョゼフィーヌだとは考えてもみなかった。

勘違いの上、梓は恋心に気がついた。そして、切なくなったり、苦しくなったりしていたということになる。恥ずかしくて俯きかけたら、大きな手のひらがぽんと顔を挟んだ。

「……彼女の存在に、嫉妬してくれたのか？」

囁くように、オーギュストは尋ねてきた。どことなく甘やかで、なにかを期待しているかのような声だった。

「嫉妬、っていうよりも……」

口ごもった梓は、かすれた声で呟く。

「俺、このままじゃ駄目だって思って。甘えさせてもらえるのは嬉しかったけど、でも、俺じゃあオーギュストに釣り合わない気がして。だから、いつかあなたが言ってたみたいに、ちゃんと大人になろうって……」

オーギュストは、大きく目を見開く。

「それで、いきなりバカロレアに前向きになったのか」

「はい。……もしかして、ガブリエルに聞いていたんですか？」

「ああ。おまえが不在だっていうから、じゃあいつ帰ってくるんだって、問い詰めたときにな。でもさ、おまえはなんだか俺には隠したいっぽいみたいだったし、スマホ持ちこめないところにいるなんて思わなかったから、俺と距離を置きたいってことかと焦っていたんだ」

オーギュストは、小さく微笑む。

「あー、やっぱいいな。おまえ。可愛いだけじゃなくて、すごい子だ」

梓をしっかり抱きしめて、オーギュストは囁いた。

「こりゃもう、片時も離しておけないな。……他のやつに気づかれる前に、俺だけのものにしちゃいたい」

「オーギュスト……」

いかにもめろめろですというような、甘いトーンで囁かないでほしい。梓までつられて、顔がにやけてしまいそうだ。

「そういう、頑張り屋なところ、好きだよ。だから、すっげー甘やかしたいし、可愛がりたくなるんだ」

満面の笑顔で、オーギュストは言う。

「しかし、よかった。つまり、俺たちは両想いってわけか」

その言葉に、梓はかあっと頬を赤く染める。両想い。なんて素敵な響きなんだろうか。

「これで、遠慮はいらないな。いやー、長かった」

「遠慮って」

「だから、恋人としてのおつきあいだよ。なあ、梓?」

いたずらを思いついた少年のような表情で、オーギュストが誘いをかけてくる。

「……恋人として、初めてのセックスしよ」

思わせぶりに囁かれ、梓は頬を紅潮させた。

「で、でも、ガブリエルが帰ってきたら。いつ帰ってくるか、わからないし」

「だから、あいつが帰ってくる前に……ベッドに行こう?」

くすくす笑いながらキスを求められて、拒めなかった。胸の高鳴りにまかせて、梓はオーギュストの胸に飛びこんでしまった。

＊　＊　＊

ベッドの軋む音に、どきっとした。

いつガブリエルが帰ってくるかわからないから、ぴったりとドアは閉められている。それでも、息を殺さずにはいられなかった。

オーギュストに抱き上げられたまま、ベッドになだれ込む。

彼に触れるのは初めてじゃないのに、胸の高鳴りが止まらない。オーギュストが言うように、これが恋人としては初めてのセックスになるからだろうか。

「緊張してる?」

梓の上にのしかかりながら、オーギュストは小声で尋ねてきた。

「……少し」

梓は、小さく頷いてみせる。

流されるままじゃなくて、自分でオーギュストを受け入れると決めた。そのぶん緊張してしまって、体が硬くなっているかもしれない。

そんな梓に、オーギュストは優しいキスをくれる。順々に、くちびるが肌に落ちていく感触が、甘ったるく心地いい。

ふんわりと、力が抜けてゆく。

「愛してるよ」

心臓の上に、誓うみたいにキスされて、梓はぎゅっと目を閉じた。幸福なキスの余韻に、酔ってしまいそうだった。

「ん……っ」

キスをしながら、オーギュストは梓の衣服を奪いはじめた。信じられないくらい、手際がいい。早くその手で直に触れられたくて、梓も協力的になっていたのかもしれない。

――は、恥ずかしいけど……、触られるのは嬉しい……。

頬を赤く染めながら、梓はオーギュストを上目使いで見上げた。

視線が合うと、微笑んでくれる。キスが降ってくる。甘く優しく可愛がられると、体の芯からとろとろになっていく気がした。

「……あ、ん……っ」

「いいか？」

「ん……っ」

胸の尖りにくちびるを寄せられ、梓のくちびるは緩く解ける。その場所から生まれる心地よさは、簡単に忘れられるものではなかった。

何度も胸元を啄まれると、花が咲いたみたいに赤い痕《あと》が散る。気恥ずかしいけれども、愛されている証だと思うと、嬉しくてたまらない。

愛撫される悦びを知っているから、優しくまさぐられるだけでも、尖りには芯が通ってしまう。くちびるに突起を含まれ、くちゅくちゅと吸われる心地よさに目を閉じた。

「……ふ……っ」

硬くなった尖りに歯を立てられると、鋭い快感が全身に広がっていく。そして生まれた熱は、梓の下肢へも滴りおちる。

下肢の欲望が形を変えはじめたのに気がついて、梓は頬を染めた。

「……ああ、気持ちいい？」

ぴったりと重なっているから、体の変化はお見通しみたいだ。秘密を打ち明けるみたいにくちびるを寄せ、オーギュストが問いかけてくる。

「……っ」

気持ちいいと言葉にするのは、まだ気恥ずかしい。ぐっとくちびるを噤《つぐ》んでしまうと、そこをふにふにと指で押された。

「俺に触られて、嬉しい？」

俺はおまえに触れるのが嬉しいよと微笑まれてしまうと、頷くしかない。嬉しいに決まってる。好きな人に触れられて、気持ちよくしてもらえるなんて。

「んー、素直でいい子だ」

ちゅっと軽い音が立つようなキスをしてから、オーギュストは梓の欲そのものの部分へと触

れた。

優しく指の腹で撫でられるだけで、そこはぴくんと反応する。素直だなんて、言わないでほしい。さすがに、恥ずかしかった。

「……んっ、く……ふぁ……」

キスしながら、欲望を煽《あお》られる。濡れはじめた先端から、付け根の部分まで。はしたなく溢れた蜜《みつ》をまぶした指は、滑らかに動く。

「先に、気持ちよくなろうか」

「ん……」

「そのあとで、一緒によくなろうな」

「……うん、あ……っ」

撫でるだけだった手のひらが、筒状に梓のそれを包みこむ。関節を感じるほど強く押しつけるように擦られると、あっというまに熱は高まってしまった。

「……あ、オーギュスト……っ」

「おまえが気持ちよくなってるなら、嬉しいよ」

愛しているからという呟きに、梓は幸福で頬を染めた。気恥ずかしくても、オーギュストが喜んでくれるのは嬉しかった。愛してくれるのも。

梓の欲望は、オーギュストの手の中で、今にも弾けそうになっている。気恥ずかしさのあまり身を硬くしたけれども、促されるように擦られると、もうひと溜まりもなかった。

「……んっ、あ、あ……！」

一気に快楽が弾けた体は、オーギュストの腕に、大事に抱きしめられる。その腕のたくましさ、揺るぎなさに、どきっとさせられた。

視線が交わる。

「愛してるよ、梓」

甘い声が、鼓膜を揺すぶる。

睦言の海に、溺れそうだ。溺れきったら、梓も同じように言葉を返せるだろうか。

今は、抱きしめかえすだけで、精一杯だ。

力が抜けた梓の体の奥を、オーギュストは探る。恥ずかしさのあまり緊張した体は、少し頑なだった。でも、オーギュストが丹念にほぐしていってくれる。

「……ふ、あ……っ。ん……！」

オーギュストの指が、梓の中を潜る。自在にそこを泳ぐ指先に、梓は翻弄させられた。感じやすい場所に触れるたびに背をしならせると、オーギュストは強く梓を抱きしめてくれた。

体内に熱が宿り、そこから梓の体はとろとろに融けはじめる。

オーギュストを、受け入れるために。

「好き……」

熱に浮かされるように、梓は囁く。

大好きだから、早くオーギュストが欲しい。彼のすべてを、与えられたい。

オーギュストは、すぐに望みを叶えてくれた。情熱と愛情に満ちた言葉とともに、彼の欲望そのものが、梓を貫く。

甘いキスに夢うつつになりながら、梓はオーギュストとひとつになった。今度こそ本当に、まぎれもない恋人同士として、熱を分かちあった。

エピローグ

家を出る……――梓がそう、養父に告げたのは、バカロレアの合格通知を受けとった翌日のことだった。

モデルの仕事をしていたおかげで、ひとり暮らしをするだけの資金は、幸いなことに貯まっている。ガブリエルに迷惑をかけず、進学できるはずだ。

「大学卒業するまでは、うちにいればいいのに」

ガブリエルは、寂しそうだ。その気持ちは嬉しいけれども、大学に入学したら独立することは、梓自身が決めていた。

「……そう言ってもらえるだけで、すごく嬉しい」

梓は、ふんわり微笑んだ。

「今まで、本当にありがとう。パパ・ガブリエル。あなたは俺のお父さんだから、俺はこの家から出られるんだよ」

以前の梓なら、こんなことは絶対に言えなかった。彼にまで捨てられるんじゃないかと不安で、傍から離れられなかったから。

でも、今は違う。

梓も、少し大人になった。

離れられるのは、ガブリエルを信じているからだ。自分たちは親子で、離れてもその関係は変わらない、と。

居場所がないと怯えていた頃の、梓とは違う。

ひとり暮らしの生活費のこともあるし、梓はモデルの仕事を続けるつもりでいた。もう、ガブリエルの秘蔵っ子というわけじゃないにしても、一緒に仕事をする機会は、きっとこれからも多いはずだ。つながりは、なくならない。

「……もしかして、オーギュストと暮らすのか？」

ガブリエルに問いかけられて、さすがに梓は動揺する。頬に熱が広がるのを、止められなかった。

だって、ガブリエルにはなにも言っていない。オーギュストとの関係の、本当のことなんて。いつか話をしようとは、思っていた。でも、もうちょっと先に……――大学を卒業する頃かな、と考えていたのだ。

「なん、で……っ」

「違うの?」

まっすぐ目を見て、ガブリエルは首を傾げた。無邪気な笑みを浮かべられると、誤魔化すことなんてとてもできなくなる。

それに、隠そうとしたところで、オーギュストと梓の関係は、とっくに知られているということなのだろう。

いつバレたんだろう。

オーギュストと恋人同士になったあの日以来、このアパルトマンで抱きあったことはないのに。あの日、ガブリエルは帰ってこなかったし、知られてないと安心しきっていた。

「……違うよ。ひとり暮らしするって、決めたんだ」

梓は、首を横に振る。

その言葉は、嘘じゃない。

梓はまだ、オーギュストと一緒に暮らすつもりはなかった。

付け加えた声は、小さいものだった。でも、ガブリエルには聞こえてしまったらしい。彼は微笑んで、「一緒に暮らすことになったら、ちゃんと教えてね」と言った。

「少なくとも、今は」

ひとり暮らしをしたいと打ち明けるのは、梓にとっては大仕事だった。ガブリエルと話ができて、肩の荷が下りたような心地になる。

「……でもさ、ひとり暮らしよりも、ふたり暮らしのほうが、もっと楽しいと思うんだけどなー」

梓を膝に乗せたままごねているのは、オーギュストだった。

＊　＊　＊

ガブリエルに話をしたあとに、梓はオーギュストのアパルトマンを訪れていた。今日は、バカロレアに受かったお祝いをしてくれるのだという。

フランス最高のシェフの料理を独り占めできるのだから、こんなにすごいお祝いはない。それになにより、久しぶりにふたりでゆっくり過ごせるのが嬉しかった。

モデルの仕事をしながら大学に通い、あらためて将来について考えることは、オーギュストに相談に乗ってもらいながら決めた。悩んだけれども、梓は結局、デザイン関係の学部に進学することを選んでいた。

梓がひとり暮らしをするということも、オーギュストには最初から伝えてある。賛成してくれたものの、彼の望みは別のところにあった。

「俺と同棲するなら、毎日美味いもの食えるぞ？」

「太っちゃっても困るよ」

「でも、がりがりに痩せちゃ駄目だろ」

「オーギュストのおかげで、俺も簡単な料理が作れるようになったし、ひとりで大丈夫だよ」

「……そりゃそうかもしれないけど」

できれば一緒に暮らしたいと言ってくれているオーギュストは、むっとくちびるを突きだした。

「俺が、ひとりだと寂しいんだよ」

「オーギュスト……」

「一緒に暮らしたいなー」

甘えた声で、オーギュストは梓の背に顔を埋めてくる。

「……俺もそう思うけど、でも」

梓は苦笑した。

「まずはひとりで、ちゃんと自立したいから」

恋人と一緒に暮らせるなら、嬉しいに決まっている。でも、オーギュストは梓に優しいし、甘えたがりの梓は、ぐだぐだに甘やかされて、駄目になってしまいそうだ。

だから、あえてのひとり暮らしを梓は選んだ。

「おまえの気持ちは、わかるけど……」

オーギュストは、わざとらしく駄々をこねる。まるで、甘えられてるみたいで、ちょっと嬉しい。

おなかに回された腕に、梓はそっと触れた。

「待っててね、オーギュスト」

「そう言われたら、頷くしかないじゃん。なんかもう、そういうの上手くなっちゃってさー。急に大人になっちゃってないか？」

はあっと、大げさにオーギュストはため息をついている。

そんなふうに彼が甘えた顔を見せてくれるたび、くすぐったい気持ちになった。彼に甘やかされるだけじゃなくて、甘やかしてみたい。そういう気持ちは、梓にもあった。

だって、好きな人だから。

梓は、そっとオーギュストにもたれかかる。

「俺、ちょっとは大人になった？」

「うん」

「……もっと大人になって、いっぱいオーギュストを甘やかしてあげたいんだ」

「それは楽しみだ」

とびっきり優しい声でそう言うと、オーギュストはキスを掠めとった。

「じゃあ、別々に暮らしていても寂しくないように、会ってる間はずっとキスしていよう」

ひとり暮らしをしたいから、少しの間同居は待っていてほしいと、おねだりしているのは、梓のほうだ。それを笑って受け入れて、冗談めかしてキスしてくれるオーギュストはやっぱり大人なんだろう。梓を、彼の懐でぬくぬくさせてくれる。怖々と背伸びをしようとしている梓を、オーギュストはしっかりと抱きしめてくれているのだ。

彼の隣に立つにふさわしい大人になって、甘やかしたり、甘やかされたりしたい。それが、今の梓のささやかな願いだ。

「オーギュスト」

「んー?」

「好きだよ」

「そっか、俺も」

梓が振り向くと、視線があった。笑みを含んだ青い瞳が近づいてきたから、梓はそっと目を閉じる。

身を捩るようにオーギュストに向き直り、深く口づけあう。何度繰りかえしても彼とのキスは夢見心地で、そして言葉にできないくらい甘かった。

おわり

あとがき

こんにちは、はじめまして。柊平ハルモと申します。

この本をお手にとってくださいまして、本当にありがとうございました。

今回は、年の差カップルの甘いお話になっています。鈴倉先生のふんわりと甘い雰囲気のあるイラストがとても好きなので、とにかく甘いお話を書こうと決めて、プロットを作りました。ふわりとお話自体はシンプルな感じになったかな？　と思いますが、ストレートに甘いお話を書けて嬉しいです。あと、今回は攻がよくしゃべり、よく口説く人だったので、キャラの掛け合いも書いていて楽しかったです。

お読みくださいました皆さまにも、年の差カップルのいちゃいちゃを、お楽しみいただけたら幸いです。

なにかありましたら、お気軽にご感想など、お聞かせくださいね。

今回も、たくさんの方々に助けていただいて、このお話は一冊の本になりました。

とてもかわいらしいイラストをくださいました鈴倉温先生、お忙しい中、本当にありがとうございます。とりわけ、甘い雰囲気の漂う表紙がすごく素敵で、嬉しかったです。

今回も作業中にいろいろあって、ご迷惑をおかけしてしまった担当さん、本当にすみませんでした。最後までおつきあいくださいまして、本当にありがとうございます。
また、なによりも、本を手にとってくださる方がいらっしゃるからこそ、私はお話を作りつづけることができています。本当に感謝しています。いつも、ありがとうございます。読者の皆さまに楽しんでいただけるお話を書き続けていくことで、ご恩返しできればと思います。

それでは、またどこかでお会いできますように。

初出一覧

蜜より甘いくちびる　/書き下ろし

B♥PRINCE
http://b-prince.com

B-PRINCE文庫をお買い上げいただきありがとうございます。
先生へのファンレターはこちらにお送りください。

〒102-8584
東京都千代田区富士見1-8-19
株式会社KADOKAWA　アスキー･メディアワークス
B-PRINCE文庫　編集部

蜜《みつ》より甘《あま》いくちびる

発行　2015年6月5日　初版発行

著者　柊平ハルモ

発行者　塚田正晃

プロデュース　アスキー・メディアワークス
〒102-8584　東京都千代田区富士見1-8-19
☎03-5216-8377（編集）
☎03-3238-1854（営業）

発行　株式会社KADOKAWA
〒102-8177　東京都千代田区富士見2-13-3

印刷　株式会社暁印刷

製本　株式会社ビルディング・ブックセンター

小社ホームページ　http://www.kadokawa.co.jp/

Printed in Japan
ISBN978-4-04-865144-8 C0193